J. J. Voskuil

De moeder van Nicolien

Uitgeverij G.A. van Oorschot
Amsterdam

Ter nagedachtenis aan de moeder van L.

1 juli 1957

Zijn schoonmoeder zat in de woonkamer, in de baan zon die door de vitrages naar binnen viel. Nicolien zat in de stoel bij de tussendeuren en zag hem binnenkomen.

'Ha, die Jansen,' zei hij tegen zijn schoonmoeder.

'Ha, die Pietersen,' antwoordde ze terwijl hij zich naar haar overboog en haar een zoen gaf. 'Nog wel gefeliciflapstaart.'

Hij lachte en gaf Nicolien ook een zoen.

'Wat ben je vroeg,' zei ze. 'Hoe was het?'

'Omdat ik jarig ben.'

'Hoe was het?' herhaalde ze.

'Eerst even verkleden.' Hij trok de tussengordijntjes dicht, verkleedde zich en waste zijn handen.

'En je hebt ook een baantje, hè?' zei zijn schoonmoeder toen hij de kamer weer inkwam.

Hij knikte.

'O, jongen, wat heerlijk! Daar nemen we er toch zeker een op?'

Hij lachte. 'Daar nemen we er een op.'

'En, hoe was het?' vroeg Nicolien gespannen.

Hij ging op de divan zitten. 'Idioot.'

'Idioot?' – er was verontwaardiging in haar stem. 'Niet verschrikkelijk?'

'Ach, verschrikkelijk...' Het woord was hem te groot. Als het verschrikkelijk was, zou de gedachte dat hij er morgen weer naartoe moest helemaal onverdraaglijk zijn.

'En wat moet je daar nou doen?' vroeg zijn schoonmoeder.

Hij keek naar haar. 'Ik moet een stuk schrijven over de kabouters.'

'Over de kabouters?' Ze begon te lachen, ongelovig. 'Je houdt me voor de mal.'
'Ik houd u nooit voor de mal.'
'Over kabouters! Een volwassen man.'
Hij lachte verlegen, maar ook geamuseerd. 'Gelooft u niet in kabouters?'
'Ach malle jongen, houd toch op. Kabouters!'
'Maar toen u jong was, zaten er toen geen kabouters in de Scheveningse bosjes?'
Ze lachte zonder antwoord te geven. Het was duidelijk dat ze dacht dat hij haar voor de gek hield.
'In de Bosjes van Pex zaten ze wel,' hield hij vol. 'Daar was een boom met een gat erin en als we daar langskwamen dan riep ik in dat gat,' hij deed de stem van een kind na: 'Kaboutertje! kaboutertje! – Later hebben ze daar gaas voor gespannen. Toen zijn ze verdwenen.'
'Ach, kinderpraatjes.'
'En als kinderen en gekken nu eens de waarheid spreken?'
'Plaaggeest. Dat mag je niet.'
'Je moeder gelooft niet meer in kabouters,' zei hij tegen Nicolien, die net de kamer weer inkwam.
'Zou je niet liever eens een borrel inschenken?' antwoordde ze.
Hij merkte dat ze geïrriteerd was en vermoedde dat de aanwezigheid van haar moeder haar irriteerde, maar het gaf hem toch een vaag gevoel van schuld. Alsof hij iets gedaan had dat niet in de haak was.

*

17 mei 1959
'Daar zal een lekker kopje koffie op smaken,' zei zijn schoonmoeder terwijl hij de deur achter hen sloot. Ze hing haar jas en haar muts aan de kapstok.
'Kijk jij dan even naar die stoel, Maarten?' vroeg Nicolien.
'Ik kijk wel even naar de stoel,' antwoordde hij.
'Dan gaan we eerst maar naar de kika,' zei zijn schoonmoeder.

'Help je me even malen, kind?'
Hij ging de woonkamer binnen, kantelde de zware stoel waarin zijn schoonvader altijd had gezeten op zijn zij en bekeek de onderkant. Twee van de jutebanden die de veren steunden, waren losgescheurd. Het hout daaronder zat vol spijkergaatjes. Een paar kopspijkertjes waren blijven zitten met daarachter stukjes halfverteerde jute. Hij probeerde de afgescheurde uiteinden weer op hun plaats te trekken, stelde vast dat dat onbegonnen werk was, kantelde de stoel terug en richtte zich op. Vanwaar hij stond, kon hij het kruispunt met de Appelstraat zien. De zon lag over de straat. Een man en een vrouw in hun zondagse kleren en met een kinderwagen staken schuin over naar de Vlierboomstraat. Er kwamen twee fietsers voorbij. Vanuit de keuken drongen de stemmen van Nicolien en haar moeder en het malen van de koffiemolen tot hem door. Hij ging zitten, legde zijn armen wijduit op de leuningen en wachtte.
'Daar zijn de heerlijkheden,' zei zijn schoonmoeder, met een dienblaadje de kamer binnenkomend. Op het blaadje stonden drie kopjes koffie en drie gembergebakjes op kristallen schoteltjes. 'Ik dacht, ik neem maar eens gembergebakjes, want daar houd je zo van.'
'Lekker!' beaamde hij.
'En, wat was er nou met de stoel?' vroeg Nicolien.
'Twee van de jutebanden zijn losgescheurd,' antwoordde hij. 'Ik zal volgende keer nieuwe meenemen, want ze zijn helemaal verteerd.'
'Dus je kunt hem nog maken?' vroeg haar moeder.
'Ik denk het wel.'
'O jongen, daar kom ik je een zoen voor geven!' Ze boog zich naar hem over.
'Maar ik heb hem nog niet gemaakt,' weerde hij af.
Ze gaf hem een zoen op zijn wang. 'Dat hindert niks. Dan krijg je er gewoon nog een.'
Hij lachte.
Ze peuzelden alle drie van hun gebakjes.

'Wat zitten we weer lekker te smikkelen,' merkte zijn schoonmoeder op.
'Hoe was het woensdag bij Willy en Bertha?' vroeg Nicolien.
'Goed hoor. Je moet de groeten hebben.'
'Hebt u nog met Willy gewandeld?'
'Alleen even naar de boulevard, hè? Het gewone gangetje.'
'En die vriend van Bertha?'
'Dat weet ik niet hoor. Daar mag geloof ik niet over gepraat worden.'
'Heeft Bertha een vriend?' vroeg hij.
'Dat zeggen ze, maar ik weet er niets van. Het schijnt dat hij vliegenier is.'
'Maar u hebt hem nooit gezien.'
'Nee hoor, dat is geheim.'
Hij knikte. 'Hoe oud is Bertha nou?'
Ze dacht na.
'Ze is toch geboren toen u bij tante Bets in huis was?' hielp Nicolien.
'Ja. En toen was ik 17. Dus Bertha is nu 49. Niet meer zo piep.'
'49!' herhaalde hij.
'Maar ik geloof dat die man getrouwd is of zo. Dat is allemaal maar raar tegenwoordig. Vroeger had je dat zo niet.'
Hij lachte. 'Ik moet een beetje om u lachen.'
'Dat is beter dan huilen.'
'Dat is waar.'
'Lachen is gezond, zei mijn moeder altijd.'
'Zou dat zo zijn?'
'Ach plaag. Laat naar je kijken.'
'En als het nu eens ontzettend slecht was?'
'Ach wat. Je zit me maar wat te plagen.'
Hij lachte.
Er viel een stilte.
'Hoe was dat rijmpje ook weer?' vroeg hij. 'Tien dat zijn mijn kinderjaren...'
'Twintig ga ik aan het paren,' vulde zijn schoonmoeder aan. 'Dertig moet ik zijn getrouwd. Veertig word ik al wat oud.

Vijftig ga ik aan het zakken. Zestig krijg ik ongemakken. Zeventig neemt het leven af. Tachtig lig ik in mijn graf. Negentig zal ik niet beleven, want honderd staat niet aangeschreven.'
Ze lachten.
'Dan is Bertha wel behoorlijk over tijd,' merkte hij op.
'Dat zei mijn vader altijd,' zei zijn schoonmoeder. 'Die kon heel mooi declameren: *Wij gingen menigwerf*' – ze deed met plechtige stem haar vader na – '*te zamen in dit leven, de paden onzer jeugd, de wegen van ons lot, langs 't zonnig IJ, door 't duin, in jonkheids dreven, in strijd, ten feest, op reis, in weemoed en genot*. – Verder weet ik het niet meer.'
Ze zwegen.
Hij stak zijn hand op.
'Heil!' zei zijn schoonmoeder.
'Ook zoiets,' antwoordde hij.
'Hoe zou het met die man gaan?'
'Ik denk wel goed.'
'Ik vond het anders maar een akelig liedje.'
'Het was een akelig liedje,' gaf hij toe.
'Maarten is in Duitsland geweest,' vertelde Nicolien.
Ze rimpelde haar neus. 'Ben je in Duitsland geweest?'
'Met mijn baas,' verontschuldigde hij zich.
'O, met je baas.'
'Naar een congres.'
'O, naar een congres.'
Hij lachte geamuseerd.
'En was dat nog wat?'
Hij schudde zijn hoofd. 'Nee, dat was niks.'
'Je kunt ook maar beter in je eigen land blijven.'
'Dat is een ding dat zeker is.'
'En je baas, is dat een aardige man?'
'Dat is een aardige man.'
'O, gelukkig.'
'Ja, dat is maar gelukkig.'
'Het is een heel aardige man,' zei Nicolien met nadruk.
'Het is een heel aardige man,' verbeterde hij.

'Nou, daar heb je het dan maar mee getroffen.'
'Daar heb ik het zeker mee getroffen.'
'Want dat kan niet iedereen zeggen.'
Er was een nieuwe stilte.
'Wat denken jullie van een tweede gelui?' vroeg zijn schoonmoeder.

*

31 maart 1961
'Denk je om Jonas?' waarschuwde Nicolien. 'Hij ligt onder het divankleed. Ik ga nog even naar de keuken. Ze sloot de keukendeur achter zich. Zijn schoonmoeder zat voor zich uit te kijken, in gedachten. Hij haalde een borrelglas uit de kast, zette zich op de hoek van de divan, voelde even aan de bult onder het kleed, reikte naar de fles en schonk zichzelf in. Terwijl hij een slok nam, keek hij naar haar. 'Hoe gaat het?'
'Goed hoor. Naar omstandigheden.'
Hij knikte.
In de keuken werd een pan op het aanrecht gezet. De kraan ging open en weer dicht.
'Waar zou de zon nou blijven als hij ondergaat, denk je?' vroeg zijn schoonmoeder.
Het was zo onverwacht en voor haar zo ongewoon dat het hem ontroerde. 'Achter de horizon,' zei hij voor de vuist weg.
'Maar verbrandt het daar dan niet?'
Hij lachte. 'U denkt dat de aarde plat is.'
'Ja, ik weet het niet zo, hoor.'
'De aarde is bol.'
'O ja.' Het was duidelijk dat dat haar voorstellingsvermogen te boven ging.
Hij hield zijn glas omhoog. 'Als dit de zon is,' hij maakte met zijn vinger een ronddraaiende beweging om het glas, 'dan draait de aarde daaromheen. En omdat hij ook nog eens om zijn as draait, krijgt telkens een ander deel zonlicht.' Hij pakte een pingpongballetje van de grond en bewoog dat ronddraai-

end om het glas. 'Als wij aan de kant van het glas zijn, hebben we zon en is het in Amerika nacht, en omgekeerd.'
'O ja.'
'Begrijpt u dat?'
'Als jij het zegt, zal het wel zo zijn.'
'U vertrouwt mij wel.'
'Ja hoor. Ik kan het allemaal niet meer zo bevatten.'
Nicolien kwam de kamer weer in.
'Moeder denkt dat de aarde plat is,' vertelde hij.
'Heb je moeder nou al verteld van het afscheid van je vader?' vroeg ze.
'Ik dacht dat jij dat wel zou doen.'
'Ik? Zoiets moet jij toch doen? Het is toch jouw vader?'
'Heeft je vader afscheid genomen?' vroeg haar moeder.
Hij knikte. 'Ja.'
'Maar zo oud is hij toch niet?'
'Net zo oud als u.'
'Twee jaar jonger,' verbeterde Nicolien.
'Twee jaar jonger.'
'Het was verschrikkelijk,' voegde Nicolien eraan toe.
'Dan is hij zeker wel blij.'
'Mijn vader is nooit blij,' antwoordde hij. 'In ieder geval is het niet aan hem te merken.'
'O nee?'
'U bent toch ook niet altijd blij?'
'Jawel hoor.'
'Altijd?'
'Ja, als ik bij jullie ben.'
Hij lachte. 'Dus u moet eigenlijk altijd bij ons zijn!'
Ze aarzelde. 'Nee, dat zou niet goed zijn.'
'Waarom dan niet?'
'Bij je kinderen moet je niet wonen.'
'Ja, maar waarom niet?'
De vraag bracht haar in onzekerheid. 'Daar komt akeligheid van.'
'Maar u hebt zelf toch ook uw moeder in huis gehad?' merkte Nicolien op.

'Ja, maar dat is iets anders,' zei haar moeder, 'want dat was een heel lieve vrouw.'

*

12 juni 1963
Nicolien stootte tegen het raampje, stak haar arm naar binnen en opende de deur. Maarten ging achter haar het huis in, zijn fietstas over zijn linkerarm, het mandje met de schreeuwende kat aan zijn rechter. 'Ja Jonas, nog even,' zei hij. De kamerdeur ging open, zijn schoonmoeder kwam de gang op. 'Zijn jullie daar?' zei ze verheugd. 'Wat een feest!'
'Dag moeder,' zei Nicolien. Ze gaf haar een zoen.
'Dag moeder,' zei hij op zijn beurt, haar ook een zoen gevend. Hij liet de tas op de grond zakken en droeg het mandje de kamer in, op de grote stoel. 'Nou mag je eruit,' zei hij. De kat duwde met zijn kop tegen het deurtje terwijl hij de sluiting losmaakte, wrong zich naar buiten en sprong op de grond.
'Dag Jonasje,' zei zijn schoonmoeder, zich naar hem overbuigend. 'Dag lief beest van me.' Ze stak haar hand uit.
Zonder aandacht aan haar te besteden liep de kat de gang op.
'U hebt de keukendeur toch niet openstaan?' zei Nicolien.
'Nee hoor, kind.'
Maarten was al achter hem aan. De kat liep regelrecht naar de bak die naast de keukendeur klaar stond, ging zitten en deed een plas. 'Hij moest een plas!' riep hij.
'Daarom schreeuwde hij zo,' zei Nicolien, achter hem aankomend. Ze lachte. 'De stakkerd.'
Haar moeder kwam nu ook de keuken in. Jonas liep naar zijn etensbakje, snuffelde er even aan en ging toen langs hen de kamer van Nicoliens vader binnen.
Nicolien keek naar het aanrecht. 'Hebt u de koffie al klaar?'
'Ja hoor. Ik dacht, die zet ik maar vast, want daar zullen jullie wel trek in hebben.'
Maarten liep terug naar de kamer. Hij bracht de fietstas en het mandje naar het zijkamertje, hing zijn jack aan de kap-

stok en zette zich in de kamer in de grote stoel. Jonas kwam uit de achterkamer, liep langs het buffet, achter de bank langs, rook even aan de stoel van zijn schoonmoeder en aan het spinnewiel, en ging toen achter Maarten om de gang weer op. Aan het lachen en roepen in de keuken hoorde hij dat hij daar weer was aangekomen. Even later kwamen ze de kamer in, zijn schoonmoeder voorop met het blad. 'En ik heb ook nog drie morekoppen voor het feest,' zei ze.

'Is het feest?' vroeg hij.

'Je hebt nu toch vakantie?'

Hij glimlachte.

'Moeder wil dat je weer zo'n lijstje maakt. Dat ze elke dag kan zien waar we zijn,' zei Nicolien.

Hij knikte. 'Morgenavond zijn we in Den Briel,' zei hij tegen zijn schoonmoeder. 'Weet u waar dat ligt?'

'Is dat niet iets met de Watergeuzen?'

'Meesterlijk!'

'Ja, ik weet nog wel wat. Zo dom ben ik nou ook weer niet.'

'U bent helemaal niet dom,' zei Nicolien.

Hij was te druk bezig met zijn morekop om te reageren.

Er viel een stilte.

'O, scheen het zonnetje maar door het glas, ik wou maar dat het morgen was,' zei zijn schoonmoeder.

'U zegt nou altijd wel *'t zonnetje*,' zei hij, 'maar we mogen hem zo langzamerhand ook best *de zon* of *de koperen ploert* noemen.' Hij lachte gemeen. 'O, scheen de koperen ploert maar door het glas...'

'En waar zijn jullie fietsen nou?' vroeg zijn schoonmoeder de opmerking negerend.

'Aan het station,' zei Nicolien. 'Het duurt een dag voor die er zijn.'

'Op 1 april verloor Alva zijn bril,' zei hij, de draad in het gesprek weer oppakkend om zijn vorige opmerking ongedaan te maken.

'O ja,' zei zijn schoonmoeder.

'Die *bril* dat is Den Briel.'

'Eigenaardig, hè?'
'Heel eigenaardig.'
'Ja, dat weet ik allemaal zo niet.'
'Maar nu weet u het.'
'Ja, nu weet ik het.'
Jonas kwam de kamer weer in. 'Kijk, daar is ie weer,' zei zijn schoonmoeder. Ze boog zich wat naar voren en strekte haar hand uit. 'Waar ben je dan? Waar ben je dan?'
Jonas kwam naar haar toe en rook voorzichtig aan haar vingers.
'Hij mag wel wat slagroom hebben,' zei Nicolien.
'O, het is zo'n lekkere dibbes van me,' zei zijn schoonmoeder, hem optillend. Ze schudde hem zachtjes heen en weer. 'Het is zo'n lekkere dibbes van me.' Jonas keek van dichtbij naar haar gezicht, zijn ogen toeknijpend. 'Ja, zegt hij tegen zijn moe! Nee, zegt hij tegen zijn moe!'
'Geeft u hem maar een beetje slagroom,' zei Nicolien, haar schoteltje in zijn richting schuivend.
'Mag jij een beetje slagroom?' vroeg zijn schoonmoeder, hem zachtjes heen en weer schuddend. 'Mag jij een beetje slagroom van je moeder?' Ze liet hem op de grond zakken en zette het schoteltje voor hem. Hij rook er even aan en begon het toen zorgvuldig schoon te likken.
'Straks barst hij,' voorspelde Maarten.
'Zo gauw barst een kat niet, hoor,' meende Nicolien.
'Wacht maar, als er ineens scheuren intrekken, dan piep je wel anders. Hij ook trouwens.'
'Dat mag je niet zeggen,' zei zijn schoonmoeder.
'Waarom mag ik dat niet zeggen?'
'Je mag niet spotten. Spottershuisjes branden.'
Hij lachte.
'We hebben vorige week een autotocht gemaakt met de baas van Maarten en zijn vriend,' vertelde Nicolien.
'O ja?'
'Dat was wel leuk, hè Maarten?'
'Naar Schoonhoven en Wijk bij Duurstede,' vulde hij aan.

'Hoe kwam dat nou zo ineens?' wilde zijn schoonmoeder weten.
'Zijn vriend heeft een auto van hem gekregen,' vertelde hij, 'en nu wilden ze ons trakteren.'
'Heeft hij dan geen vrouw?'
'Nee, hij heeft een vriend!' zei Nicolien met nadruk.
'Ja, ik weet dat niet allemaal meer zo, hoor. Daar hoor je tegenwoordig zulke eigenaardige dingen over.'
'Waarom is dat nou eigenaardig?' vroeg Nicolien geprikkeld. 'Iedereen hoeft toch niet hetzelfde te zijn?'
'Nee, gelukkig maar.'
'Waarom is dat gelukkig?' plaagde hij.
'Gelukkig maar dat niet iedereen hetzelfde is, bedoel ik.'
'Dat zou anders een stuk gemakkelijker zijn.'
'Ach plaag! Laat naar je kijken.'
Hij lachte.
Er was een stilte.
'En zo zitten we maar te zitten,' zei zijn schoonmoeder.
'Ik heb in het restaurant mijn kip in zijn schoot geschoten,' vertelde hij.
'O ja?'
'Hij schoot onder mijn mes uit.'
'Het is niet waar.'
'Ja hoor,' zei Nicolien.
'Wat een stel,' zei zijn schoonmoeder lachend.

*

3 oktober 1964
'Dag moeder,' zei Maarten, hij boog zich voorover. Ze tilde haar hoofd op en tuitte haar lippen. Hij zoende haar op haar wang. 'Hoe gaat het met u?'
'Dank je. Je moet de groeten hebben.'
'Wat ben je laat,' zei Nicolien.
'Er was een vergadering van het Genootschap voor Volkscultuur,' hij trok zijn jasje uit.

'Daar wist ik niks van.'
'Nee.' Hij hing zijn jasje in de alkoof, nam zijn oude broek mee naar de achterkamer, trok de gordijntjes voor de ruiten in de tussendeuren dicht en verkleedde zich. Daarna liep hij door naar de keuken om zijn handen te wassen. Op het aanrecht stonden drie bakjes met aardbeien en een bak met slagroom. Hij nam een lepeltje slagroom en een aardbei, verschikte de overgebleven aardbeien wat zodat het gat niet opviel, en begaf zich weer naar de voorkamer.
'Wat was dat dan?' vroeg Nicolien toen hij op de divan ging zitten.
'Dat was de jaarvergadering. Dat is ieder jaar.' Hij keek naar de glaasjes, een glaasje advocaat voor zijn schoonmoeder en een borrel voor Nicolien. 'Zijn jullie maar alvast begonnen?'
'Daar heb je me nooit iets van verteld,' zei ze ontstemd.
'Dat is toch niet belangrijk,' zei hij nu wat geïrriteerd. 'Dat is een stelletje volslagen idioten die door Beerta bijeen zijn gebracht en die ieder jaar een keer vergaderen over een of ander onzinnig onderwerp.'
'Dat had je me dan toch wel kunnen vertellen?'
'Dat doe ik dan nu.'
Ze stond op. 'Wil jij ook een borrel?'
'Graag.'
Ze liep naar de keuken.
Hij keek naar zijn schoonmoeder. 'Dag Mien Gerstekorrel.'
'Dag ook zoiets. Gaat het goed met je?'
'Met mij gaat het goed.'
'En moet jij daar dan bij zijn?' vroeg Nicolien, de kamer weer inkomend. Ze zette een glas voor hem neer en schonk het vol.
'Ik ben er lid van.' Hij nam het glas op. 'Beerta beschouwt het als een soort vakvereniging.' Hij nam een slok. 'Hij stond erop dat ik er lid van werd. Dan doe je het maar voor mij, zei hij.'
'Wanneer was dat dan?'
'Een jaar of twee geleden, denk ik.'
'Wat gek dat je me daar nooit iets van verteld hebt.'
'Misschien schaamde ik me, of ik vond het gewoon niet belangrijk.'

'Maar zoiets vertel je toch?'
'Ja,' zei hij schuldig, 'maar het is gewoon niet ter sprake gekomen. Ik heb er niet aan gedacht. Het is ook niet belangrijk.'
'En waar hebben jullie het dan vandaag over gehad?'
'Over het verzamelen van liedjes.'
'Liedjes?'
'Er is een man die die verzamelt en die vertelde daarover. Jaring Elshout.'
'En wat was dat voor man?' drong ze aan, een beetje ongeduldig omdat ze zo moest trekken.
'Ik vond het wel een aardige man,' zei hij afwezig. 'Hij heeft ook nog een radioprogramma.' Hij keek naar zijn schoonmoeder. 'Kent u nog liedjes?'
'Liedjes?' – ze lachte alsof ze voor de gek gehouden werd. 'Nee hoor.'
'U kent toch nog wel liedjes? U zong vroeger toch wel liedjes, toen u nog klein was?'
'O jawel, maar dat waren gewone liedjes.'
'Wat waren dat dan voor liedjes?'
'Nou,' ze dacht na, 'dat weet ik niet meer zo precies, hoor.'
'Eén is genoeg!'
Ze dacht ingespannen na. Toen klaarde haar gezicht op. '*Toen ik jong was, wou ik me niet goed gedragen*,' ze zei het met enige plechtigheid, '*en ik ging, als het schooluur was geslagen, slenteren in het groene bos. Ik wou niet leren toen het mos, nu moet ik bedelen voor de kos!* – Dat zei mijn vader altijd.'
Hij glimlachte. 'Dat is geen liedje, dat is een rijmpje. Weet u geen liedjes? Met een melodie?'
Ze schudde haar hoofd. 'Nee. Liedjes weet ik niet.'
Hij keek naar zijn glas en dacht na. Uit het niets kwam onverwacht een liedje in zijn herinnering dat zijn moeder toen hij klein was voor hem zong: '*Ik wil met je rijen, langs de rozen rood, maar je mag niet schreien, ik ben immers bij je, en je bent al groot, en je bent al groot*,' hij zong het aarzelend. Tot zijn verrassing emotioneerde het liedje hem. Hij keek verlegen naar zijn schoonmoeder. 'Kent u dat niet?' – zijn stem klonk een beetje schor.

Ze lachte. 'Nee hoor.'
'Jij ook niet?' vroeg hij aan Nicolien, om zich een houding te geven.
'Nee,' zei ze.
'Eigenaardig.' Hij wendde zich weer tot zijn schoonmoeder. 'Dat is nou wetenschap, dat iemand anders wat zingt en dat wij dat dan opschrijven, zodat het niet verloren gaat,' er was spot in zijn stem.
'Ach jongen,' ze lachte, 'laat naar je kijken.'
'Gelooft u dat niet?'
'Niks hoor.'
'Vindt u het dan niet belangrijk dat de dingen van vroeger worden vastgelegd?'
'Ach, dat kan toch niet eens.'
'Waarom niet?'
'Vroeger was toch alles anders?'
'Wat was er dan anders?'
'Nou, alles!' Ze dacht na, een beetje onzeker gemaakt.
'Ja, maar wat was dan anders? De dingen, de mensen...'
'De mensen ook.'
'Hoe waren de mensen dan anders?'
Ze dacht na. 'Vroeger waren de mensen geloviger,' probeerde ze.
'Vindt u dat dan belangrijk?'
'Ja,' zei ze onzeker.
'Waarom dan?'
'Omdat een mens wat houvast moet hebben,' zei ze, in het nauw gebracht. 'Het is niet goed om helemaal in je eentje te zitten.'
'Nee,' gaf hij toe.
Nicolien stond op om naar de keuken te gaan.
'Moet ik je helpen?' vroeg haar moeder, haar handen op de leuningen van haar stoel zettend.
'Ik roep u wel.'
Maarten dronk zijn borrel leeg en schonk zich opnieuw in. 'Wilt u ook nog?' vroeg hij, naar zijn schoonmoeder kijkend.

'Dank je. Ik heb wel genoeg.'
Hij knikte. 'U weet uw maat.'
'Zo hoort het toch?'
'Zo hoort het.'
'Want anders zouden er gekke dingen gebeuren.'
'Heel gekke dingen,' gaf hij toe. Hij nam een slok en keek haar opnieuw aan. 'Hoe denkt u dat dat komt dat de mensen minder gelovig zijn?'
'Ja, dat weet ik niet hoor. Van al die dingen misschien. Nou dat ze ook al weer naar de maan gaan. Dan ga je twijfelen of er wel zoiets is,' ze keek hem onzeker aan.
'Een hemel bedoelt u.'
'Ja. Want als ze ook al naar de maan gaan en dat gaat almaar door, dan vraag je toch of er nog wel iets kan zijn. Dat is niet goed.'
'Dat is ook een vrucht van de wetenschap.'
'Ja. Ik geloof ook niet dat al die wetenschap goed is voor de mensen. Soms gaan de mensen wel eens een beetje te ver.'
Hij glimlachte.
Ze keek hem onzeker aan. 'Dacht je ook niet?'
Hij knikte. 'Dat denk ik ook.'
Nicolien riep.
'Roept het kind?' – ze zette haar handen op de leuningen van haar stoel.
'Ja, het kind roept,' zei hij.

*

27 december 1965
Hij nam zijn koffie mee naar het bureau van Beerta, trok een stoel bij en draaide het nummer van zijn huis. Terwijl hij wachtte op aansluiting roerde hij gedachteloos in zijn koffie.
'Met mevrouw Koning.'
'Ha,' zei hij.
'O, ben je daar? Is Beerta er niet?'
'Nee. Is moeder er al?'

'Ja, we komen net binnen.'
'Dag Maarten!' hoorde hij zijn schoonmoeder op de achtergrond roepen.
'Doe moeder de groeten.'
'U moet de groeten hebben,' zei ze. 'Je moet de groeten terug hebben.'
'Dank je.'
'Wat ben je aan het doen?'
'Het jaarverslag.'
'Schiet het op?'
'Nog niet erg.'
'Maar je kunt toch zeker gewoon het jaarverslag van het vorig jaar overschrijven?'
'Nee, dat kan niet. Het moet anders.'
'Waarom moet alles toch altijd anders?'
'Ja, zo ben ik nu eenmaal.'
Ze zwegen.
'We hebben een stukje kerstkrans gehad,' vertelde hij.
'Van Balk?' vroeg ze ongelovig.
'Nee, van juffrouw Bavelaar.'
'O, ik dacht al,' ze lachte.
'Dat zou wel gek zijn,' gaf hij toe. 'Griezelig bijna.'
'Ja,' zei ze vermaakt.
Zijn schoonmoeder zei iets dat hij niet kon verstaan.
'Moeder wil je ook even spreken.'
'Dag Maarten!' zei zijn schoonmoeder vlak bij zijn oor. Door de telefoon praatte ze altijd heel hard.
'Dag moeder.'
'Zul je zoet zijn?'
'Dat was ik wel van plan.'
'Mooi zo.'
'Hebt u een goeie reis gehad?'
'Ja hoor! Het kind stond aan het station, dus dat was allemaal wel in orde.'
'Goed zo.'
Ze waren stil.

'Niekewiek wou je ook nog even spreken. Dag!'
'Dag moeder.'
'Daar ben ik weer,' zei Nicolien. 'Heb je verder nog iets?'
'Nee, verder heb ik niets.'
In gedachten dronk hij zijn koffie en at hij zijn kerstkrans. Hij keek naar het kaartsysteem naast zijn bureau en luisterde naar de geluiden in de andere kamer zonder dat de betekenis daarvan tot hem doordrong. Daarna zette hij zich weer aan de middentafel en herlas opnieuw wat hij getikt had.

*

20 juni 1966
Ze zaten met zijn drieën op het terras van hun vakantiehuis in Wapenveld toen hij de post door het tuinhekje zag komen. Hij ging het huis in en trof in het brievenkastje naast de voordeur de krant van zaterdag en een rouwbrief, die hij teruglopend openmaakte. 'Jan is dood,' zei hij, het terras weer opkomend.
'Is Jan dood?' vroeg zijn schoonmoeder.
'Welke Jan?' vroeg Nicolien.
'Jan van Saar.'
'Is Jan van Saar dood?' herhaalde zijn schoonmoeder.
Nicolien bekeek het bericht. 'Wat erg voor Saar.'
'Maar was hij dan ziek?' vroeg zijn schoonmoeder.
'U hebt er net gelogeerd.'
'Ja, maar ik dacht toch dat hij niet ziek was,' zei ze vaag. 'Ik heb er niks van gemerkt in ieder geval.'
'Dan zal hij wel niet ziek zijn geweest,' concludeerde hij.
'Oom Jan heeft de brief zeker doorgestuurd,' merkte Nicolien op, de enveloppe bekijkend, 'want hij is aan moeder geadresseerd.'
'Ja, oom Jan zou de post doorsturen,' bevestigde haar moeder.
Maarten was weer gaan zitten.
'Wat moeten we nou doen?' vroeg Nicolien hem.
'Wanneer is de begrafenis?'
Ze keek in de brief. 'Morgen.'

'Dan kun je erheen.'
'Maar ik ken haar nauwelijks.'
'Het is een nicht van je.'
'Ik hoef toch zeker niet naar de begrafenis van al mijn nichten?'
'En moeder heeft er een paar keer gelogeerd.'
Ze keek naar haar moeder. 'Wilt u naar de begrafenis, moeder?'
'Naar welke begrafenis?'
'De begrafenis van Jan.'
'O ja. Ja, ik wil wel naar de begrafenis.'
'Ga jij dan met moeder,' suggereerde hij.
'En jij dan?'
'Ik vermaak me wel.'
'En als ik nou ook geen zin heb?' Het probleem irriteerde haar.
'Laat moeder dan alleen gaan.'
'Wilt u niet alleen naar de begrafenis?' vroeg ze.
'Wie? Ik?'
'Ja. U.'
'Nee kind, dat kan ik niet.'
'Maar u kunt er toch ook vanuit Den Haag naartoe?'
'De bus staat hier aan het eind van de laan en u hoeft alleen maar in Arnhem over te stappen,' hielp Maarten.
Zijn schoonmoeder zweeg.
'Doet u dat nou maar,' zei Nicolien. 'U hebt er net gelogeerd, het zou niet aardig zijn als u nu wegbleef.'
'En ga jij dan niet mee?'
'Nee, want ik ken Saar nauwelijks.'
'Maar ik kan niet alleen. Ik ben al oud.'
'U bent helemaal niet oud. Dat kunt u best. Als u vanuit Den Haag gaat, gaat u toch ook alleen?'
'Ja, maar daar weet ik de weg. En ik kan ook niet meer zo goed zien, met mijn ogen.'
'U kunt het toch vragen? U hoeft maar één keer over te stappen!'
Haar moeder zweeg. Ze plukte aan haar rok. Even later stond ze op en ging onzeker het huis in.

'Het is toch te gek dat ze niet zou durven,' zei Nicolien. 'Ze zijn zo aardig voor haar geweest na vaders dood.'
'Ja,' zei hij.
Haar moeder kwam het terras weer op. 'Ik moet naar de doos.'
'Nou, dan gaat u toch?' zei Nicolien.
'Ja, maar ik kan hem niet vinden.'
'U weet toch wel waar de w.c. is?' Ze stond op.
'Het is hier zo vreemd.'
Ze gingen samen het huis in. 'Kijk, hier is hij,' hoorde hij Nicolien zeggen. 'Ziet u nou wel?' – 'O ja,' antwoordde zijn schoonmoeder. 'Dank je wel.'
'Nou doet ze ineens alsof ze niets meer kan,' zei Nicolien geïrriteerd, het terras weer opkomend. 'Alleen omdat ze niet naar die begrafenis wil in haar eentje.'
'Laat het maar even rusten. En anders gaat ze maar niet.'
'Maar dat zou toch heel onaardig zijn?'
'Ja, natuurlijk.'
'Nou dan.'
De w.c. werd doorgetrokken. Het duurde lang voor ze het terras weer opkwam. Ze ging zitten en keek afwezig voor zich uit.
'Dag Pietersen,' zei hij, zijn hand opstekend.
Ze lichtte heel even haar hand op, zonder naar hem te kijken.
'Ik geloof dat ik toch maar niet ga,' zei ze na een tijdje. Haar stem was hoger dan gewoonlijk.
'Natuurlijk gaat u,' zei Nicolien. 'We vragen wel aan de chauffeur om u te helpen met overstappen.'
'Ik ga toch maar liever niet.'
'Wat vind jij?' vroeg Nicolien. 'Moeder kan daar toch niet wegblijven?'
'Als ze niet wil...'
'Ik kan toch een brief schrijven dat ik het niet meer allemaal zo goed kan zien?' probeerde zijn schoonmoeder.
'Maar u kunt de bus toch nog wel zien?'
'Ja kind,' zei zijn schoonmoeder berustend. 'Wacht maar tot je zelf zo oud bent, dan zul je nog wel eens aan me denken.'

★

5 oktober 1969

'Hier is het,' zei hij. Hij klom de stoep op.

'Ja, dat zal wel,' zei zijn schoonmoeder. 'Grapjanus.'

Hij draaide zich om. Ze was met Nicolien op de straat blijven staan en keek omhoog. Hij lachte verlegen. 'Nee hoor, het is hier echt!'

'Hij maakt een grapje, hè?' zei ze, zich tot Nicolien wendend.

Nicolien lachte. 'Nee hoor, hier is het.'

'Zo groot?' zei ze onthutst, 'maar dat is toch veel te groot?'

'Niet het hele huis,' hij haalde de sleutel uit zijn zak, 'twee kamers.'

Ze klom beduusd de stoep op, haar hand aan de leuning. Hij duwde de buitendeur open en liet haar binnen. Ze bleef in de hoge, marmeren gang staan en keek verbijsterd om zich heen.

'Ik kan het nog niet geloven.' Haar stem klonk hol in de gang.

'En dat is Neptunus,' zei hij, naar het standbeeld wijzend terwijl ze de gang inliepen, 'alleen de tanden van zijn drietand is hij kwijt.'

Ze keek schuw omhoog naar die grote, naakte, witte man. 'Stil is het, hè?' zei ze tegen Nicolien.

'Omdat het zondag is natuurlijk.'

'Omdat er in het bovenhuis ook mensen wonen...'

'Ja, studenten. Die zijn naar hun ouders zeker.'

'Of ze slapen nog,' opperde hij.

Ze klommen naar de eerste verdieping. In het portaaltje voor hun voordeur hing gezeefd licht dat door een matglazen ruit naar binnen viel. In hun deur zat ook matglas. Hij maakte haar open en drukte het licht in de gang aan. In het kleine portaal voor de keuken stonden wat blikken verf en potten met kwasten. Hij sloot de deur achter hen en verbaasde zich opnieuw over de stilte in het huis.

'Hier is de keuken,' zei Nicolien. 'Kijk!'

Haar moeder liep afwezig achter haar de kleine ruimte naast de voordeur binnen en keek om zich heen. 'Wat een klein keu-

kentje, hè, voor zo'n groot huis. Waar moet je gasstel nou staan?'
'Hier! Waar wij nou staan.'
Maarten keek vanaf de drempel toe. De keuken was te klein voor drie mensen. Net als in het portaal kwam het licht door een matglazen ruit in de achterwand.
'En dit is een raam,' zei Nicolien, 'dat kan open. Kijk!' Ze opende een smal raampje, ook met matglas, en deed een stap opzij.
Haar moeder boog zich naar buiten en keek in de lichtschacht. 'Ja,' ze haalde haar hoofd weer naar binnen. 'Je ziet alleen niet veel, hè?'
'Dat hoeft toch ook niet?'
'En dit is de w.c.,' zei hij, de deur naast de keuken opentrekkend.
Zijn schoonmoeder kwam de keuken uit en keek in de w.c. 'Het is wel allemaal oud.'
'Het is een oud huis.'
'Ja, het is wel erg oud allemaal.'
'Gezien?' vroeg hij.
'Ja,' zei ze aarzelend.
'Dan nu eerst de voorkamer.' Ze liepen achter elkaar de lange gang door. 'De gang is elf meter.' Hij opende de deur aan het eind van de gang en plotseling traden ze een zee van licht binnen. De zon scheen door de hoge ramen, het door het water in de gracht teruggekaatste licht vibreerde tegen de balkenzoldering. Verspreid over de vloer van de grote, lege, vierkante kamer lagen triplex tegels, doosjes met spijkers en gereedschap naast een brede baan langs de wanden die al gelegd was.
Zijn schoonmoeder had een paar stappen de kamer in gedaan en was blijven staan. 'O, kinderen,' zei ze, de handen ineenslaand. 'Wat verschrikkelijk groot! Hoe krijgen jullie daar nou meubels voor?'

Tegen negenen brachten ze haar naar de trein. Terwijl Nicolien met haar moeder aan haar arm voor hem uit, in het don-

ker, de smalle gracht afliep, sloot hij de voordeur af. Langzaam liep hij achter hen aan. Toen hij hen bijna had ingehaald, bleven ze staan en draaide Nicolien zich naar hem om. 'Maarten!' zei ze verschrikt. 'Moeder huilt!' In haar stem klonk paniek.
'Wat is er moeder?' vroeg hij, haar andere arm nemend.
'Ik vond het zo'n aardig huisje,' snikte ze, 'en nu zal ik het nooit meer zien.' Ze maakte haar tas open en zocht haar zakdoek. Ze snotterde.
De opmerking maakte hem diep ongelukkig. Ze riep een onstuitbaar heimwee op naar een vroeger dat nog geen vroeger was. Tegelijkertijd voelde hij de radeloosheid van Nicolien en zocht naar woorden om die te bezweren. 'Maar wij zijn er toch?'
'Natuurlijk,' snikte ze, ze had haar zakdoek gevonden en depte die tegen haar ogen. 'Ik mag dat ook helemaal niet zeggen. Ik ben een akelig liedje.'
'U bent helemaal geen akelig liedje.' Hij lachte, maar het klonk een beetje schor. 'Ik vind het heel lief dat u zo reageert.'
'Nee,' ze schudde haar hoofd en snoot haar neus, 'ik ben een akelig liedje. Ik moet het juist fijn voor jullie vinden.'
'Maar wij vinden het ook niet fijn,' zei Nicolien ongelukkig.
'Ach kind, laat dat ouwe mens nou maar.' Ze sloot haar tasje en liep verder, de zakdoek in haar hand geklemd. 'Ouwe mensen weten niet beter, die zijn dom!'
'Maar u bent helemaal niet dom!' zei Nicolien.
'Ja, ik ben dom! Ik ben een domme loewietje!'
'U bent niet dom,' herhaalde ze beslist. 'Hè, Maarten? Moeder is niet dom!'
'Wij vinden u niet dom,' verzekerde hij.
'Jullie zijn lief,' ze vocht tegen haar tranen, 'maar ik ben wel dom! En als ik weer kom dan vind ik het fijn voor jullie! Als je dat maar weet!'

*

1 januari 1973

'Wat voor dag is het nou?' vroeg zijn schoonmoeder.

'Maandag,' antwoordde hij. Hij zat op de divan te lezen in een boek van Kipperman en Van der Meulen dat hij voor *Ons Tijdschrift* moest bespreken.

'Moet je dan niet naar je werk?'

Het was al de derde keer dat ze dat vroeg. 'Nee,' zei hij geduldig, 'want het is ook nieuwjaarsdag.'

'O ja.'

Het was even stil.

'Dus gisteren was het oudejaar?'

'Ja.'

'Heb ik jullie dan wel gelukkig nieuwjaar gewenst?'

'Ja hoor, dat is allemaal gebeurd.'

'O, gelukkig dan maar.'

'Ja, dat zit wel goed,' zei hij afwezig, met zijn hoofd bij het boek. Hij trok een stuk papier naar zich toe en maakte een aantekening.

Ze stond op, met beide handen op de leuningen van haar stoel, en kwam onzeker naar de divan.

'Wat is er?' vroeg hij, opkijkend.

'Ik kom je toch maar even een zoen geven,' zei ze verlegen. Ze boog zich naar hem toe en gaf hem een natte zoen op zijn wang.

'Dank u wel,' zei hij, ook verlegen.

'Je moet maar denken, als je oud wordt dan weet je het allemaal niet meer zo goed.'

'Dat valt best mee hoor.'

'Het zijn me harsens. De rest gaat nog wel.'

'Uw harsens gaan ook nog best. Ze worden alleen een beetje langzamer, net als u.'

'Ja, lach er maar om, maar je zit er maar mee, met zo'n moeder.'

Het was opnieuw even stil. Terwijl hij las, zag hij uit zijn ooghoeken dat ze haar tas op schoot nam en erin begon te zoeken.

'Wat zoekt u?'

'Ik zoek mijn spoorkaartje.'

'U hebt geen spoorkaartje. Dat komt pas als u weer teruggaat.'

'O nee,' ze deed haar tas weer dicht. 'Hoe kan een mens toch zo dom zijn.'

'Niks hoor.'

'Waar is Niekewiek nou?' vroeg ze na een stilte.

'In de keuken.'

'O ja.' Ze stond op en ging met onzekere stappen, alsof ze zich verontschuldigde voor haar aanwezigheid, de kamer uit.

Hij hoorde haar de gang doorlopen naar de keuken. 'Wat komt u doen?' hoorde hij Nicolien in de verte vragen. Hij meende irritatie in haar stem te horen. De onrust van haar moeder maakte haar nerveus. 'Ik kom eens kijken of ik helpen kan.' – 'Nee, u kunt niet helpen. Ik kom zo. Gaat u maar vast naar binnen.' Hij hoorde haar onzekere stap terugkomen. De deur piepte. Ze zag hem zitten en stak verlegen haar hand een eindje op. 'Ha die Jansen!' – als een schoolmeisje.

'Ha die Pietersen,' antwoordde hij.

'Ben je alweer terug?'

'Ja, ik ben er weer.'

'Gelukkig.' Ze ging zitten, nam haar tas op schoot en begon erin te zoeken.

Hij keek er tersluiks naar, zonder iets te zeggen.

Ze stond moeilijk op, nam de open tas mee naar de tafel en hield haar daar op zijn kop zodat alles eruit viel. Ze roerde wat rond in haar bezittingen, hield daar weer mee op en keek naar hem. 'Wat ben ik nou aan het zoeken?' vroeg ze ongelukkig.

⋆

10 mei 1973

Hij belde vanaf het Bureau. 'Dag moeder, met Maarten.' Hij praatte een beetje harder en heel langzaam, omdat ze hem door de telefoon nooit verstond.

'O, dag Maarten. Ben jij daar? Is Niekewiek er niet?'

'Die ligt in het ziekenhuis.'

'Ligt die in het ziekenhuis?'
'Daar zouden we vandaag toch samen naartoe gaan? Ik zou u toch opbellen?'
'O ja.'
'Als u nou de bus van half twee neemt...'
'En hoe is het nou met haar?'
'Goed. Ze knapt al weer aardig op.'
'O, gelukkig.'
'Maar als u nu de bus van half twee neemt, dat is dus over een uur, dan sta ik aan het eindpunt.'
'Welke bus, zeg je?'
'De bus van half twee.'
'Want daar sta ik wel van te kijken. Ze is toch niet erg ziek?'
'Ze is geopereerd.'
'Is ze geopereerd?'
'Maar het is nu al weer veel beter.'
'O, gelukkig. Want ja, ik weet het niet meer allemaal zo goed.'
'Dat valt wel mee. Dus de bus van half twee! Onthoudt u dat?'
'De bus van half twee. Ja, dat onthoud ik wel. Ik word wel oud, maar dat kan ik nog wel onthouden.'
'Schrijft u het anders maar even op.'
'Nee, dat onthoud ik wel. Dus de bus van half twee.'
'Dat is dus al over een uur, dus u moet over een half uur de deur uit.'
'En sta jij dan aan het eindpunt?'
'Ik sta aan het eindpunt.'
'Want ik weet de weg niet zo goed meer. Ik ben al oud.'
'Nee, ik sta aan het eindpunt. Dus de bus van half twee!'
'Ja, de bus van half twee.'
'Tot straks!'
'Dag Maarten.' Ze legde de hoorn neer.
Hij bleef nog even zitten, zijn hand op het toestel, vermande zich en stond op. 'Ik ga met mijn schoonmoeder naar Nicolien,' zei hij.
'Ik hoor het,' zei Bart.
'Ik denk niet dat ik vanmiddag nog terugkom.'

'Doe Nicolien mijn hartelijke groeten.'
'Van mij ook,' voegde Ad eraan toe.

Zijn schoonmoeder kwam als laatste de bus uit. Ze bedankte de chauffeur met een hoge stem, een bewijs dat ze zenuwachtig was, pakte de stang vast en daalde voorzichtig de twee treden af, zich half omdraaiend, tot ze op de stoep stond. Daar bleef ze staan, haar ogen toeknijpend tegen het zonlicht, onzeker over wat ze doen moest.
'Dag moeder,' zei hij. Hij gaf haar een zoen.
'Hé, ben jij hier?' zei ze verrast. 'Waar is Niekewiek?'
'Daar gaan we naartoe.'
'O ja.'
'Geeft u mij maar een arm.'
'Ja, wel graag.' Ze legde haar hand in zijn arm.
Ze liepen de stoep af in de richting van het ziekenhuis.
'Waar is Niekewiek nou?' vroeg ze.
'In het ziekenhuis.'
'Is ze in het ziekenhuis?'
'Als u goed kijkt, dan kunt u het van hier af al zien.' Hij wees naar een hoog, wit gebouw, dat boven de toppen van de bomen uitstak.
Ze bleef staan, maakte kokertjes van haar handen en tuurde in de verte, als door een verrekijker. 'Ja, ik geloof dat ik het zie.'
'Uw ogen zijn niet zo best meer.'
'Nee, misschien moet ik weer eens naar de dokter. Ouderdom komt met gebreken, zei mijn moeder altijd.'
'Dat zegt mijn schoonmoeder ook.'
'O ja?'
Hij lachte.
Ze kwamen bij de trap die van de weg naar de parkeerplaats van het ziekenhuis afdaalde. Onzeker, haar hand aan de leuning, haar blik op de treden gericht, terwijl hij haar aan haar andere arm vasthield, schuifelde ze naar beneden. 'Ik ben maar blij dat jij er bent,' zei ze toen ze over de parkeerplaats op de hoofdingang afliepen, 'want alleen zou ik het nooit zo hebben kunnen vinden.'

'U bent er ook nog nooit geweest.'
'Nee, dat is zo.'
Hij schoof haar de draaideur binnen en ging achter haar de hal in. Ze bleef staan, verbaasd om zich heen kijkend. 'Wat is het hier groot. Waar zijn we nou?'
'In het ziekenhuis.'
'O ja.'
'En nu gaan we met de lift,' zei hij, op de liften toelopend.

'Hier is moeder,' zei hij, het gordijn opzijschuivend.
Nicolien zat rechtop in de kussens. 'Dag moeder.'
'Dag kind,' zei haar moeder verrast. 'Ben jij hier?'
'Ik ben toch geopereerd?'
'Ben je geopereerd?'
'Dat heeft Maarten u toch verteld?'
'Ja, dat is wel zo, maar je staat er toch van te kijken.'
'Gaat u hier maar zitten,' zei hij, een stoel aanschuivend.
Ze ging verwezen zitten. Het was te zien dat ze er niet veel van begreep.
'Ik geloof dat moeder helemaal in de bonen is,' zei Nicolien. Ze wendde zich tot haar moeder. 'U vindt het geloof ik maar raar, hè?'
'Ik kan het nog niet helemaal bevatten,' gaf haar moeder toe, met diezelfde falset als zojuist tegen de chauffeur. 'Maar je moet maar denken, ik ben al oud.'
'Zo oud bent u toch niet?'
Ze lachte. 'Ach kind.'
'Hoe gaat het nu?' vroeg hij.
'Ik mag zondag misschien al naar huis!' Hij zag nu pas dat ze een kleur had.
'Meesterlijk!' zei hij verrast.
'Ben je dan ziek?' vroeg haar moeder.
'U weet toch wel dat ik geopereerd ben?'
'Ja,' zei haar moeder vaag. 'Daarom vraag ik het maar, want je weet maar nooit.'
'Hoe gaat het op het Bureau?' vroeg Nicolien.

'Hans Wiegersma heeft die uil in een boom voor zijn raam zien zitten, 's ochtends, toen hij zijn kamer inkwam.'
'O ja?'
Hij keek naar zijn schoonmoeder. 'Hoe vindt u het hier nou?'
'Dank je. Het is een beetje eigenaardig, hè?'
'U kijkt de kat maar wat uit de boom.'
'Ja, ik denk, ik houd me maar stilletjes. Dat is misschien maar het beste.'
'Daar hebt u gelijk in.'
'Maar ik wou straks wel weer naar huis als dat kan.'
'Dat kan.'
'Misschien kun je straks met moeder een ijsje gaan eten,' opperde Nicolien.
'We gaan straks eerst samen een ijsje eten, en dan breng ik u naar de bus,' beloofde hij.

Pas toen ze op een terras vlak bij de bushalte een ijsje zaten te eten, leek het of ze langzaam weer wat greep op de situatie kreeg. 'Wat eigenaardig hè, dat ik hier nou met jou zit,' zei ze.
'Heel eigenaardig.'
'Maar ze zal toch wel weer beter worden?'
'Ze is al bijna weer beter.'
'O, gelukkig maar, want anders zou ik niet weten hoe het verder moet.'
'Nee, daar hoeft u zich geen zorgen over te maken.'
'Daar ben ik heel blij om, om dat te horen.'
'Hoe vindt u het ijsje?'
'Lekker hoor.'
'Wilt u er nog een?'
'Dat zou een beetje te duur worden, denk ik.'
'Voor u is niets te duur.'
'Nee, één is wel genoeg.'
'Het huisje bij de schuur houden.'
'Dat zei mijn vader altijd.'
'Uw vader was een wijs man.'
Het was enige tijd stil.

'Ze zeggen dat ik een giro moet nemen voor mijn pensioen,' zei ze plotseling, 'maar ik wil helemaal geen giro.'
'Maar u hebt toch al tien jaar een giro?'
'O ja? Daar weet ik helemaal niets van.'
'Nicolien heeft het toen voor u aangevraagd.'
'En hoe kan het dan dat ik daar niets van weet?'
'Omdat Nicolien uw geld altijd haalt.'
Ze keek hem beduusd aan.
'U bent het gewoon vergeten.'
'Ja, dat zal dan wel.'
Hij lachte. 'Ouderdom komt met gebreken, zeggen ze wel eens.'
'Je zult er maar last van hebben,' pareerde ze.
Ze zwegen opnieuw. Ze lepelde haar bakje helemaal uit en legde daarna haar armen op de leuningen van haar stoel, in zichzelf verzinkend. Hij keek tersluiks naar haar. Ze maakte een afwezige indruk. 'Dag Jansen,' zei hij.
Ze keek hem aan. 'Dag Pietersen.'
Hij glimlachte.
Het was opnieuw een poos stil.
'Maar nou zeggen ze dat ik een giro moet nemen,' zei ze toen. 'Voor mijn pensioen.'

*

14 mei 1973
De telefoon ging over. Ze keken allebei geschrokken naar het toestel.
'Wie zou dat nou zijn?' vroeg ze.
'Ik heb geen idee,' hij stond op en nam de hoorn van het toestel. 'Met Koning,' zei hij stug.
'O, dag Maarten,' – de schelle stem van zijn schoonmoeder. 'Ben je daar?'
'Dag moeder.'
'Ik dacht eigenlijk dat Niekewiek vandaag zou komen.'
'Nee, die komt net uit het ziekenhuis.'

'O, is die in het ziekenhuis?'
'Nee, ze is net úit het ziekenhuis!'
'O, is ze daar dan?'
'Ja, ze is hier. Wilt u haar even hebben?'
'Ja, als dat kan? Want ik dacht eigenlijk dat ze vandaag bij mij zou komen.'
'Ze komt eraan,' hij draaide zich om naar Nicolien. 'Moeder! Ze denkt dat je vandaag komt.'
'Maar ik ben toch net uit het ziekenhuis?' zei ze geïrriteerd. Ze stond op en nam de hoorn van hem over. 'Ja moeder, daar ben ik. ... Maar ik ben toch net uit het ziekenhuis? ... Ja, ik heb in het ziekenhuis gelegen. ... En u bent zelf nog bij me geweest! ... Woensdag. ... U hebt nog een ijsje gegeten met Maarten. ... Ja, ziet u nou wel. ... Dat weet ik nog niet. ... Ik bel nog wel. ... Goed. Dag.' Ze legde de hoorn neer. 'Dat is toch te gek,' zei ze geïrriteerd, 'ze is helemaal vergeten dat ik in het ziekenhuis heb gelegen! Dat kan toch niet?'
'Nee, dat kan niet.'
'En als ik dan zeg dat ik in het ziekenhuis heb gelegen, dan is het enige wat ze zegt: Wanneer kom je me dan halen? Ze denkt alleen maar aan zichzelf.'
'Ja, dat krijg je blijkbaar.'
'Maar dat krijgt iedereen toch niet?'
Er werd aan de deur gebeld. Ze schrokken.
'Wie kan dat nou weer zijn?' vroeg ze.
'Moeder,' grapte hij.

★

9 juni 1973
'We gaan ook nog naar het graf, hè?' zei Nicolien. Ze waren net binnengekomen en zaten aan de koffie. 'Wanneer zullen we dat doen?'
'Vanmiddag?' opperde hij.
'Kan dat, moeder?'
'Ja hoor, kind.'

'En de boodschappen dan?'
'Nee, dat kan wel.'
'Bent u de laatste tijd nog geweest?'
'Ja hoor. Ik ben gisteren geweest.'
'Bent u gisteren geweest?' Het verraste haar.
'Het was gisteren toch vakies verjaardag? Ik heb een geranium gebracht.'
'Wat geweldig!' De blijdschap was op haar gezicht te lezen. 'Dat u daaraan gedacht hebt!'
'Je dacht zeker dat ik het vergeten was,' zei haar moeder, 'maar ik ben niet helemaal kinds.'
'Was het niet erg warm?' vroeg hij.
'Het was wel warm, maar ik heb een poosje op dat bankje gezeten, onder de boom. Vakies ligt daar wel mooi.' Ze stond op. 'Ik zal het tweede gelui maar even halen.' Ze zette de kopjes op het blad en ging de kamer uit.
Hij keek tersluiks naar Nicolien. Ze had tranen in haar ogen.
'Huil je?' vroeg hij verlegen.
'Het ontroert me zo dat ze zich dat herinnert,' zei ze met verstikte stem.
'Als het maar in het vaste patroon zit. Het is natuurlijk veertig jaar lang een feestdag geweest.'
'En dat is er dan van overgebleven.' Ze huilde nu echt. 'Een geranium op het graf. Ik vind dat zo verdrietig.'
'Ja.' Hij was nu ook ontroerd. 'Maar juist dan hoor je haar niet klagen.'
'En dan te bedenken wat een feest het voor mijn vader was, en dat hij zich daar al weken van tevoren op verheugde.'
Hij knikte, niet bij machte om zijn gevoelens stem te geven.

★

2 juli 1973
'Heb jij er nooit over gedacht om je baard te laten staan?' vroeg Ad. Er was als zo vaak iets dubbelzinnigs in zijn toon, alsof hij met die vraag een trapje wilde geven.

'Als ik gepensioneerd ben.' Hij nam plaats achter zijn bureau.
'Waarom dan pas?' vroeg Ad nieuwsgierig.
'Dan ben ik vrij.'
Beerta was opgestaan. 'Ik ben even koffiedrinken.' Hij verliet de kamer.
'Dan zul je nog even moeten wachten,' zei Ad.
'Ik heb uitgerekend dat ik precies op de helft ben.'
'Wanneer ben je hier dan gekomen?'
'1 juli 1957.'
'Ben je dan al 48?'
'Nee 47.'
'Dan ben je nog niet op de helft. Dan ben je volgend jaar pas op de helft.'
'In 91 word ik 65,' rekende Maarten voor. '91 min 74 is 17, en 74 min 57 is ook 17. Dat is de helft!'
'Maar we zijn pas in 73.'
'Dus moet je het van 74 aftrekken!'
'Voor jou is 73 toch pas net begonnen? Je doet net of je 73 al achter de rug hebt.'
Maarten zweeg.
Ad stond op. 'Je bent op 1 juli 1957 begonnen,' legde hij uit, 'dus op 1 juli 1958 was je hier één jaar, op 1 juli 1959 twee jaar, op 1 juli 1973 dus 16 jaar.'
'Je hebt gelijk,' gaf Maarten toe. 'Ik word dement.' Hij lachte. 'Als het zo doorgaat, ben ik al ver over de helft.'
Ad ging weer zitten. 'De schoonmoeder van Jaring wordt dement.'
'Wat houdt dat in?'
'Dat ze van alles vergeet.'
'Mijn schoonmoeder vergeet ook van alles.'
'Dan wordt die ook dement.'
'Een poosje geleden zei ze tegen me: Ze zeggen nou weer dat ik een giro moet nemen, maar ik wil helemaal geen giro. – Ik zeg: Maar u hebt toch al tien jaar een giro? – O ja? zei ze. Daar weet ik nou niks van. – En even later zegt ze: Maar ze zeggen toch dat ik nou een giro moet nemen, voor mijn pensioen.'

‘Nou, dat vind ik wel goed dement.’

‘Ach... dement. Meer vergeetachtig.’

‘Nou, als het mijn schoonmoeder was, dan zou ik haar geloof ik in huis nemen.’

‘In huis nemen?’ vroeg Maarten verbaasd. ‘Dat is ook zo wat.’

‘Jaring denkt daar ook over.’

‘Het zou niet eens kunnen want we hebben maar twee kamers, maar ik heb nu al, als ze er een paar dagen is, het gevoel dat er een kaasstolp over mijn hoofd wordt gezet.’

‘Nee, ik vind het wel gezellig als mijn schoonmoeder er is. Lekker elke dag taartjes eten.’

‘Ik ben wel tevreden met haar,’ zei Maarten om iedere twijfel daarover weg te nemen, ‘maar ik denk wel dat ik gek zou worden.’

‘O ja?’ vroeg Ad verbaasd.

‘En Nicolien ook. Nicolien nog gekker waarschijnlijk.’

‘Nee, Heidi zou het heel leuk vinden. Dat weet ik wel zeker.’

‘Hé. Nou ja.’ Hij zweeg. ‘Mijn schoonmoeder zegt dan: Gelukkig maar dat niet iedereen hetzelfde is.’ Hij lachte. ‘En dat irriteert me enorm, want ik vind dat helemaal niet gelukkig.’

★

3 september 1973

Toen hij aan het eind van de middag thuiskwam, was Henriette er. ‘Ha,’ zei hij verheugd.

‘Ha,’ zei ze.

‘Dag moeder.’ Hij gaf haar een zoen.

Ze spitste haar lippen en gaf hem een zoen terug. ‘Hoe gaat het?’

‘Goed hoor.’

‘Hoe was het?’ vroeg Nicolien.

‘Net als anders,’ zei hij afwezig. ‘Ik ga me even verkleden.’ Hij zette zijn tas bij zijn bureau en ging de achterkamer in. Terwijl hij zich verkleedde, hoorde hij Nicolien door de gang naar de keuken lopen en de deur van de koelkast open- en dichtdoen.

Toen hij terugkwam in de kamer, kwam ze met de jeneverfles uit de gang. Ze zette hem bij haar stoel en liep naar het buffet. Hij ging op de divan zitten.
'Jij zeker niet?' vroeg ze.
'Nee, dank je.'
'En jij, Henriette?'
'Nee, ik ook niet,' zei Henriette.
Ze kwam met een glas terug en schonk zichzelf in.
'Krijgt Maarten geen borreltje?' vroeg zijn schoonmoeder.
'Nee, Maarten wil niet.'
'Wil hij niet?'
'Maarten heeft last van zijn maag.'
'Heeft hij last van zijn maag?' – Maarten zat er wat gegeneerd bij, zijn ellebogen op zijn knien. 'Maar je bent toch niet ziek?'
'Nee hoor,' zei Maarten. 'Het is al bijna weer over.'
'O, gelukkig.' Ze nam haar glas advocaat van de lage tafel. 'Nou, op je gezondheid dan maar!' en hief het naar hem op.
'Dank u,' zei hij glimlachend. Hij wendde zich tot Henriette. 'Ben je er al lang?'
'Sinds gisteren.'
Hij knikte. 'Hoe gaat het met Stefano?'
Ze knikte kort. 'Goed.'
Ze zwegen.
'Ik ben naar een vergadering van de Zeemuseumcommissie geweest.'
'Ja.' Ze keek hem even aan, alsof ze meer verwachtte.
'Je was laat,' zei Nicolien.
'Ik heb nog even rondgelopen door Enkhuizen om niet met Luning Prak en Corsten terug te hoeven reizen.'
'Waar is Maarten geweest?' vroeg zijn schoonmoeder.
'In Enkhuizen,' zei Nicolien.
'O, in Enkhuizen.' Het was duidelijk dat ze geen idee had waar dat was. 'Dat is zeker een heel eind.'
'Ja, dat is niet naast de deur,' zei Maarten. 'Je loopt dan wel door Enkhuizen,' zei hij tegen Henriette, 'en je ziet dat het heel mooi moet zijn, koud, een harde wind, woeste zee, schuim-

koppen, hardblauwe hemel, snel overwaaiende, rafelige wolken, maar na zo'n vergadering doet het je niks.'
'Nee, natuurlijk niet!'
'Je kunt net zo goed in de Hema lopen.'
Ze knikte.
'Dat is zeker wel mooi in Enkhuizen,' zei zijn schoonmoeder.
'Prachtig,' verzekerde hij.
'Zijn wij daar ook niet eens geweest?'
'Dat u dat nog weet,' zei hij verrast.
'Ja, ik weet ook nog wel wat.'
'Dat merk ik,' hij lachte. 'Ik weet niks,' zei hij, zich weer tot Henriette wendend. 'Ik zit daar nu zeven jaar in, maar als ik die mannen hoor praten, weet ik in de verste verte niet waar ze het over hebben. Weet jij bijvoorbeeld wat steengoed is?'
Ze schudde haar hoofd.
'En chine de commande?'
Ze schudde opnieuw haar hoofd.
'Ik ook niet,' zei hij tevreden, 'maar zij praten daarover alsof het hun dagelijks brood is en met een gewichtigheid die je niet voor mogelijk houdt. En tegelijk zijn het geweldige ezels.'
'Natuurlijk.'
'Zo'n Luning Prak bijvoorbeeld, die denkt in ernst dat de olieboycot door de rooien verzonnen is om het Nederlandse volk in bedwang te houden.'
'Ze zeggen wel eens dat de rooien de koningin willen afzetten,' zei zijn schoonmoeder. 'Dat zal toch niet waar zijn?'
'U bent toch ook rood?' zei Maarten.
'Ben ik rood?' vroeg ze verbaasd.
'U hebt toch altijd rood gestemd.'
'Nee, ik heb op Drees gestemd.'
'En die is rood.'
'Is die rood?'
'Die is rood.'
'En waarom zou die de koningin dan willen afzetten?'
'Dat wil hij niet.'
'O, gelukkig, daar ben ik blij om, want dat zou ik verschrikkelijk vinden.'

'Mijn schoonmoeder houdt van de koningin,' zei Maarten tegen Henriette.
Henriette lachte.
Ze zwegen.
'Wat denken jullie, zullen we een pannekoek gaan eten?' stelde Nicolien voor.
'O kind, wat een feest!' zei haar moeder.
'Ga jij ook mee?' vroeg Nicolien.
Henriette knikte.
'Waar wou je dat dan doen?' vroeg Maarten.
'Op de Nieuwezijds?'
'Vroeger kon je bij de Karseboom van die lekkere pannekoeken eten,' zei zijn schoonmoeder. 'Of Karseboom... nee, niet de Karseboom... Krasnapolsky! Kunnen we daar geen pannekoek gaan eten?'
'Nee, dat kan al vijftig of zestig jaar niet meer,' zei hij. Hij stond op.
'O nee?' Ze moest erom lachen. 'Je ziet maar weer, zo'n oud mens, dat weet het niet allemaal meer.'
'Dat hindert niet hoor,' stelde hij haar gerust.

'Het gekke is,' zei hij tegen Henriette terwijl ze met zijn vieren door de gang naar de buitendeur liepen, 'dat je op zo'n vergadering aan geen van die mannen kunt zien dat ze jongens geweest zijn. Ze zijn allemaal tevreden met hun plaats in de maatschappij, allemaal erop bedacht die te houden, en allemaal zwaar van gewichtigheid.'
Henriette zei niets.
Hij trok de buitendeur open en liet hen voorgaan. Buiten was het donker. Er woei een harde, koude wind. Nicolien liep voorop, met haar moeder aan haar arm. Henriette en Maarten kwamen erachteraan.
'En toch zijn zulke mannen ook zielig,' vond hij. 'Je moet er niet aan denken wat er met ze gebeurt als ze straks die plaats kwijt zijn.'
'Precies!' zei ze.

Ze liepen de Lijnbaanssteeg door en staken de Voorburgwal over.
'Als je het mij vraagt zijn ze dicht,' zei hij. Ze stonden met zijn vieren voor het donkere restaurant. Hij morrelde aan de deur en keek door het raam, maar het was inderdaad dicht. Besluiteloos stonden ze bij elkaar.
'Zullen we dan toch maar niet naar de Karseboom gaan?' stelde zijn schoonmoeder voor. 'Ach nee, ik bedoel Krasnapolsky natuurlijk.'
'In Krasnapolsky kun je geen pannekoeken meer krijgen,' zei hij.
'O nee? Kun je daar geen pannekoeken meer krijgen?'
'Onmogelijk!'
'Zullen we dan maar naar de Crêperie gaan?' stelde Nicolien voor.
'Dat zijn flensjes,' zei hij.
'U houdt toch ook van flensjes?' zei Nicolien tegen haar moeder.
'Jawel, maar pannekoeken zijn toch wel lekkerder.'
'Ja, maar die zijn er nu niet.'
'Maar de Karseboom is hier toch ook vlakbij?'
'Ja, maar daar kun je geen pannekoeken meer krijgen,' zei hij geduldig.
'O nee?'
'Nee, dat is al weer vijftig jaar geleden.'
Ze moest daarom lachen. 'Ach kind, jullie hebben er wat mee te stellen, met zo'n oud mens!'
'Dat valt best mee hoor,' zei hij.
Ze zetten zich weer in beweging.
'Maar intussen voel ik me in zo'n gezelschap wel doodongelukkig,' zei hij tegen Henriette.

*

27 oktober 1973
'En kijk eens wat ik meegenomen heb?' zei Nicolien. Ze haalde een gebaksdoos uit haar tas en maakte die open.

Haar moeder sloeg haar handen ineen. 'O kind, wat een heerlijkheid!'
'Of hebt u ze al gekocht?'
'Niks hoor.'
'Omdat u het de laatste keer vergeten had.'
'Ja, ik dacht, ik wacht nog maar even, want je weet maar niet, misschien dat jullie dit keer wat anders willen hebben.'
'Maar hebt u al wel koffie gezet?'
'Ja, koffie heb ik gezet, want jullie zullen daar vast wel trek in hebben na die treinreis.'
'Zullen we dan eerst maar even gaan inschenken?'
Terwijl ze de gang opliepen, ging hij in de grote stoel zitten.
'Dan eerst maar even een beetje water,' hoorde hij zijn schoonmoeder in de keuken zeggen. De ketel werd gevuld. – 'Maar hier staan al drie gebakjes,' zei Nicolien. – 'Ja, die heb ik maar vast gekocht. Daar houden jullie toch wel van, van gembergebakjes?' – 'En die heb ik nou ook net gekocht!' – 'Hé, heb jij die ook gekocht?' – 'Ik laat ze u net nog zien!' – 'O ja. Ja, ik dacht, ik kan ook wel appelgebakjes nemen, maar daar houd ik niet zo van.'
'Nou heeft moeder ook gebakjes gekocht,' zei Nicolien, de kamer inkomend.
'Ik hoor het. Dan hebben we er nu ieder twee.'
'Maar ze mag niet eens zoveel zoetigheid.'
'Ach, die ene keer.'
'Daar komen de heerlijkheden,' zei zijn schoonmoeder. Ze zette het blad op de lage tafel en deelde de kopjes en schoteltjes rond.
'Ha!' zei hij. 'Gembergebakjes! Daar lust ik er wel twee van!'
'Dat dacht ik al. Daar houd jij vast wel van.'
Hij haalde zijn schoteltje met een glimlach naar zich toe en stak met zijn vorkje een stuk af.
'Hoe gaat het nou met je vader?' vroeg ze.
'Goed. U moet de groeten hebben.'
'Dank je. Doe de groeten maar terug.'
'Ik dacht dat we vanmiddag misschien even naar het graf

konden gaan, om de geranium te halen,' stelde Nicolien voor.
'Ja, dat moet ook weer eens gebeuren,' zei haar moeder.
'Bent u er nog geweest de laatste tijd?'
'Nee, ik ben er niet meer geweest. Of toch. Ik ben er geloof ik nog wel geweest.'
'Maar de geranium hebt u nog niet gehaald?'
'Nee, ik dacht, laat die nog maar fijn even staan op zijn plekje.'
'Want straks komt er weer nachtvorst.'
'Ja daarom,' zei haar moeder vaag.

Ze stonden met zijn drieën in de gang, klaar om naar het graf te gaan. 'Waar is uw regenjas?' vroeg Nicolien, aan de kapstok zoekend.
'Is die er niet?'
'Hier hangt hij niet.'
'En deze dan?' – ze wees naar een jas.
'Nee, dat is uw oude jas. Ik bedoel uw nieuwe.'
'O ja. Nee, die ben ik kwijt.'
'Kwijt?'
'Die kan ik nergens meer vinden.'
'Maar u kunt hem toch niet zomaar kwijt zijn?'
'Nee, eigenlijk niet.'
'Misschien hangt hij in de kast?' opperde hij. Hij deed het licht in de gang op en opende de kastdeur. Uit de kast kwam een sterke gaslucht. Terwijl hij een voor een de kleren langs de rail schoof, keken Nicolien en zijn schoonmoeder toe. 'Nee, hier is hij niet,' stelde hij vast. Hij sloot de deur weer.
'Weet u dan niet meer wanneer u hem voor het laatst aan hebt gehad?' vroeg Nicolien.
'Misschien gisterenavond?'
'Waar was u dan gisterenavond?'
'Bij Willy en Bertha, geloof ik. Ja, bij Willy en Bertha.'
'Bij Willy en Bertha? Maar u bent toch altijd alleen op woensdag en in het weekeind bij Willy en Bertha?'
'Wat voor dag was het gisteren dan?'
'Vrijdag.'

'O ja. Nee, dan was ik bij oom Jan.'
'Maar naar oom Jan doet u toch uw regenjas niet aan? Dat is hier op het portiek!'
'Nee, dan weet ik het niet hoor.' Het probleem maakte haar kribbig. 'Dan zal ik hem wel ergens hebben laten liggen.'
'Misschien heeft moeder hem in de bus laten liggen,' opperde hij. 'Je kunt het beste *Gevonden voorwerpen* maar eens bellen.'
'En uw paraplu was u ook al kwijt,' zei Nicolien.
'Heb ik die dan niet weer gevonden?'
'Waar is hij dan?'
Haar moeder zocht op de plek waar hij moest hangen. 'Nee, dan ben ik die ook weer kwijt,' zei ze hulpeloos.

Ze liepen heel langzaam, zijn schoonmoeder tussen hen in, de Mient af naar de ingang van de begraafplaats. Het was zacht, windstil, onder een egale bewolking. De bomen werden al kaal, de bodem was bedekt met gele en zwarte bladeren, behalve op de bredere paden bij de ingang, die waren schoongeveegd. Bij een rij hoge populieren sloegen ze rechtsaf, over een tegelpad tussen de graven, zijn schoonmoeder voorop. Om hen heen was het stil. Alleen uit de verte kwam het rumoer van het verkeer op de Loosduinseweg. Bij de graven was niemand.
'U bent er al moeder,' waarschuwde Nicolien toen haar moeder gedachteloos het graf voorbijliep.
'O ja.' Ze keerde terug.
Ze stonden er met zijn drieën voor.
'Hij heeft zelfs nog een bloem,' zei Nicolien ontroerd, naar de geranium kijkend.
In tegenstelling tot de andere graven had dat van haar vader geen opstaande rand. Het zand boven het graf was overdekt met herfstbladeren. De geranium, rechts tegen de steen, was de enige versiering.
'Je kan die lettertjes niet zo goed meer zien, hè?' zei zijn schoonmoeder. 'Moet daar niet eens een man bij komen?'

'Dat is juist mooi,' vond hij. 'Wij weten toch wie daar ligt?'
'Ja, dat is eigenlijk ook wel zo.'
Nicolien haalde een plastic tas en een schepje uit haar tas.
'Zullen we nu dan nog maar even op het bankje gaan zitten?' stelde haar moeder voor.
'Ik moet de geranium toch nog uitscheppen?' zei Nicolien. In haar stem was een lichte irritatie.
'O ja.'
Terwijl Nicolien daarmee bezig was, dwaalde de blik van haar moeder weg. Ze keek naar het belendende graf en las het opschrift. '27 oktober. Dat is toch vandaag?'
'Ja, dat is vandaag,' zei hij.
'Omdat die meneer toen is overleden.'
Hij zag dat nu ook. 'Ja,' zei hij verrast.
'Wat eigenaardig hè, dat er niemand is?'
'Heel eigenaardig,' gaf hij toe, ontroerd door zoveel scherpzinnigheid.

*

28 oktober 1973
'Wat gaan we doen?' vroeg haar moeder.
'Ik dacht naar Kijkduin en dan daar een kopje koffie drinken,' zei Nicolien. Ze keek naar Maarten. 'Dacht je niet?'
'Ik vind alles best.'
'Dan ga ik eerst nog even naar de doos,' zei haar moeder.
'Heel verstandig,' vond hij.
Ze wachtten op de gang, bij de kapstok.
'Dan kunnen we misschien meteen eens kijken naar waar het Badhotel gestaan heeft,' zei ze.
Hij knikte.
De w.c. werd doorgetrokken, zijn schoonmoeder kwam de gang op. 'Zo, dat was dat,' zei ze.
Terwijl Nicolien haar in haar jas hielp, opende hij de buitendeur en ging traag het portiek af. Het was zacht, windstil weer met een transparante, grijze lucht. Er was nog niemand op

straat. Boven in het portiek werd de deur gesloten en hij zag ze heel langzaam naar beneden komen, zijn schoonmoeder met een hand aan de leuning, haar voeten tastend naar de volgende tree, terwijl Nicolien haar bij haar andere arm vasthield. 'Wat is het nog stil, hè?' zei ze zodra ze op de straat stond.
'Heel stil,' bevestigde hij.
Ze liepen langzaam de straat uit naar de Thorbeckelaan, zijn schoonmoeder aan de arm van Nicolien, hij aan de andere kant.
'En wat is het zacht,' merkte zijn schoonmoeder op.
'Er is ook geen wind,' zei Nicolien.
'Jij zegt het en ik denk het.'
'Wat je noemt een oudewijvenzomer,' vond hij.
'Ja, dat noemen ze zo, hè? Eigenaardig eigenlijk.'
'Heel eigenaardig.'
'Waarom zouden ze dat zo noemen?' vroeg Nicolien zich af.
'Geen idee.'
'Het is toch jouw vak?'
'Alles is mijn vak. Je kunt het zo gek niet verzinnen.'
'Ik heb toch maar een knappe schoonzoon,' vond haar moeder. Ze pakte hem even bij zijn arm.
Hij lachte.
Ze rimpelde haar neus. 'Akelig woord eigenlijk, *schoonzoon.*'
'Zoon klinkt beter,' gaf hij toe.
'Ik heb toch maar een knappe zoon!'
Ze liepen langzaam de Thorbeckelaan af, staken over, onderlangs het heitje, waar de bus naar Amsterdam klaar stond.
'Dag bus,' zei zijn schoonmoeder. 'Ze komen nog niet. Je moet nog even wachten.'
'Hoe zullen we gaan?' vroeg Nicolien. 'Door de duinen maar?'
Hij knikte. 'Goed.' Hij had de indruk dat de opmerking van haar moeder haar irriteerde. Hij keek naar zijn schoonmoeder.
'Ging u vroeger ook wel eens naar Kijkduin?'
'O jawel, hoor. Toen vader nog leefde.'
'Nee, ik bedoel, toen u een kind was.'
'Nee, toen ik een kind was niet.'

'Waarom niet?'
'Dat mocht niet van mijn moeder. Daar gebeurden rare dingen.'
'Wat voor dingen dan?'
'Met mannen en zo.'
Hij knikte.
'Maar we gingen wel eens met mijn moeder naar Schevening.'
'U woonde toen toch in de Annastraat?' merkte Nicolien op.
'Ja, in de Annastraat.'
'Waar is dat?' vroeg hij.
'Dat is bij de Hoogstraat. Bij het oude stadhuis zal ik maar zeggen. Daar had mijn vader een café.'
'En ging u dan met de tram?'
'Nee, die was er toen geloof ik nog niet. Met de sportkar. Mijn moeder had een sportkar en daar gingen we allemaal in en dan trok ze ons.'
'U en oom Jef...'
'En Karel en Bets.'
'Tante Wies niet?'
'Nee, die was toen het huis al uit. Maar mijn moeder vond het denk ik een beetje te ver, want als we dan bij de witte plek waren, dan zei ze: Weet je wat, we gaan maar op de witte plek zitten. En daar zaten we dan de hele dag. Met een fles limonade en boterhammen. Die had mijn moeder bij zich.'
Hij probeerde zich het voor te stellen. 'Waar is dat, de witte plek?'
'Halfweg Schevening.'
'Waar het Vredespaleis is?'
'Dat was er toen nog niet. Een eindje verder.'
'Waar hield de stad eigenlijk op?'
'Bij het Piet Heinplein. Daarachter waren het allemaal duinen.'
'Wat moet dat fijn geweest zijn, hè?' zei Nicolien.
'Meesterlijk.' Hij zag de stad voor zich zoals hij haar kende van de schilderijen uit die tijd: een handvol rode en zwarte daken rond het Binnenhof, het Voorhout en de Grote Kerk, aan de

rand van een door sloten doorsneden polderland, tegen de duinen aan, en hij voelde heimwee naar een tijd die hij niet gekend had.
'Zoals ze de boel toch verpest hebben, met die rotauto's,' merkte Nicolien op.
'Ja, auto's waren er toen nog niet,' zei haar moeder. 'Ja, een enkele misschien.'

Halverwege het pad naar Kijkduin rustten ze op een bank. Behalve een enkele wandelaar met een hond, kwam er niemand voorbij. De zon was aarzelend door de nevels heen gekomen en was nu vaag zichtbaar boven een paar hoge struiken aan de overkant van het pad. De bessen van de duindoorns waren diep oranje. Het rook naar de herfst.
'Kijk, een lijster,' zei Maarten. De lijster was neergestreken op een open plek naast de struiken en zocht daar naar voedsel.
'Wat dichtbij, hè?' zei Nicolien.
Haar moeder maakte twee kokertjes van haar handen en tuurde in de richting.
'Ziet u hem?' vroeg hij.
'Ik dacht van wel, maar ik weet het niet.'
'Iets naar rechts.'
'O ja. Ik geloof dat ik hem nu zie.'
'Ik geloof dat moeder heel slecht ziet op het ogenblik,' zei Nicolien. 'Misschien moet ik weer eens met haar naar de oogarts. Is het niet moeder? U ziet slecht op het ogenblik.'
'Misschien moet ik een andere bril hebben?'
'U hebt toch een leesbril?' zei hij.
'Misschien moet ik ook een bril voor in de verte hebben?'
'Ik vind ook dat moeders ogen een beetje troebel zijn, vind je niet?' zei Nicolien tegen hem.
'Kijkt u eens naar me moeder.'
Ze hief haar gezicht naar hem op, haar ogen dichtknijpend.
'Nee, uw ogen open natuurlijk.'
Ze opende haar oogleden een klein beetje, gehinderd door de zon. Het was alsof er een vlies over haar ogen lag, waardoor de

pupillen niet meer afgegrensd waren, en het wit groezelig was. 'Ja, ze zijn troebel,' zei hij. 'Ga maar eens met haar naar de oogarts.' Hij lachte tegen zijn schoonmoeder. 'U hebt mooie, bruine ogen.'

Het compliment maakte haar verlegen. 'Ach jongen, zo'n oud mens. Daar is niet veel moois meer aan te beleven.'

'Ik vind ze mooi.'

'Ach wat.'

'Hebben ze dat nooit tegen u gezegd?'

'Dat weet ik niet meer, hoor.'

Hij lachte.

'Zullen we nu niet weer eens opstappen?' stelde Nicolien voor. 'Of bent u nog niet uitgerust?'

'Ik wel hoor.' Ze stond op. 'Ik ben wel oud, maar zo oud ben ik nog niet.'

Ze namen een tafel aan de rand van het terras, achter het glazen windscherm, met uitzicht op zee. Het was nog niet druk. Tussen het gepraat om hen heen kwam vanuit de verte het geluid van het omslaan van de golfjes op het strand, dat breed en hard was en waar wat mensen met honden liepen. De zee was glad, bijna rimpelloos.

'Dat is wel heel wat anders geworden hier,' merkte zijn schoonmoeder op.

'Toen het Badhotel er nog was,' begreep hij.

'Als ik daar nog aan denk.'

'Ja, dat herinner ik me ook nog wel,' zei Nicolien. 'Dan stond u met tante Mas in de tent op het strand ijsjes te verkopen, en Wim en ik speelden daar de hele dag.'

'En oom Jan, die voor de badstoelen zorgde,' herinnerde haar moeder zich. 'We hebben wat afgelachen.'

'Was oom Jef eigenlijk een goeie hotelier?' vroeg hij.

'Ik zou geen betere weten.'

'Omdat hij zo mensenschuw was.'

'Dat was hij toen niet. Dat was later. En hij had tante Gert natuurlijk. Dat was een prima gastvrouw.'

'Ja, dat weet ik ook nog wel,' zei Nicolien.
'Als er een ober bij hem om opslag kwam, dan liet hij de zool van zijn schoen zien, en dan zei hij: Ik heb niet eens geld om mijn schoenen te laten verzolen. Nee, dat was een prima zakenman.'
'Weet u nog dat we boven in een van de kamers sliepen,' zei Nicolien. 'Als het hotel niet vol was.'
'Ja, maar dat vond ik toch wel griezelig.'
'Nee, dat vond ik juist spannend.'
'Het was allemaal zo groot, en dan die lange gangen.'
'Dat is toch juist spannend?'
'Hoe kwam hij eigenlijk aan tante Gert?' vroeg hij.
'Die heeft hij in Engeland leren kennen.'
'Ze hebben hem in Engeland toch nog eens zijn koffer uit een raam achternagegooid?' herinnerde Nicolien zich.
'Ja, en daar zat alleen een onderbroek in,' zei haar moeder lachend. 'Dat was zijn enige bezit.'
'Wat deed hij dan in Engeland?' wilde Maarten weten.
'Hij wilde de taal leren. Hij was toen kelner bij Het Gouden Hoofd, maar hij wilde hogerop.'
'En tante Gert werkte ook in dat hotel,' begreep hij.
'U moet eens vertellen van de eerste keer dat tante Gert in Nederland was,' zei Nicolien.
'Vertel jij dat maar.'
'Nee, dat moet u vertellen.'
'Toen heeft hij haar mee naar het Rijksmuseum in Amsterdam genomen, daar is een zaaltje met de Engelse vlag,' vertelde haar moeder, 'en toen zei hij: Die hebben wij op jullie veroverd! En toen is hij een half uur met haar op het bankje voor die vlag blijven zitten. Dat zegt tante Gert tenminste.'
'Prachtig!' zei Maarten.
'En ze hadden toch ook nog een Duitse kokkin, heette die niet Jozefien?' vroeg Nicolien.
Terwijl ze herinneringen ophaalden, zakte zijn aandacht langzaam weg. Het had iets onwerkelijks. Toen Nicolien daar op het strand speelde, had hij er met zijn vriendjes gevoetbald.

Het enige wat hij zich uit die tijd herinnerde was de grote schuur voor het Badhotel, waar ze hun fietsen in het zand stalden, en hij realiseerde zich dat hij bij zijn schoonmoeder wel eens een ijsje gekocht moest hebben.

'Zullen we nu dan naar de bus gaan?' zei Nicolien.
Ze stonden op en daalden van het terras af naar de straatweg.
'Zouden we niet kunnen gaan lopen met dit mooie weer?' stelde hij voor.
'Met moeder?'
'Ja, waarom niet?'
'Dat is toch veel te ver?'
'Dan gaan we langs Meer en Bos. Dat is korter.'
'Maar je kunt zo'n oud mens toch niet heen en weer naar Kijkduin laten lopen?'
Hij wendde zich tot zijn schoonmoeder, die er zwijgend bij stond. 'Kunt u dat stuk nog lopen, moeder?'
'Ja hoor. Ik kan nog best lopen.'
'Maar u bent toch zeker veel te moe?' zei Nicolien.
'Nee hoor, kind, ik ben helemaal niet moe. Ik heb toch uitgerust?'
'Zie je nou wel?' zei hij. 'Moeder kan best lopen.'
'Het is toch zeker lekker weer?' zei zijn schoonmoeder. 'Ik zou niet weten waarom ik niet zou kunnen lopen.'
'Nou, op jouw verantwoording dan,' zei Nicolien. 'Ik vind het idioot.'
'Dan rusten we onderweg nog een keer,' zei hij om haar tegemoet te komen.
Ze liepen langzaam onderlangs de duinen de Zandvoortselaan af, naar de Muurbloemweg. Bij de zijingang van Meer en Bos zaten ze opnieuw enige tijd op een bankje, maar toen ze weer verderliepen, zag hij tot zijn verontrusting dat zijn schoonmoeder steeds meer voorover ging lopen, af en toe struikelend omdat ze haar voeten niet optilde. 'Wordt u moe?' vroeg hij.
'Welnee. Het gaat nog best hoor.'
'Misschien kan moeder jou ook een arm geven?' zei Nicolien.

In haar stem was ongerustheid. 'Geeft u Maarten maar een arm, moeder.'
Haar moeder pakte zijn arm. 'Mag ik jou ook een arm geven?'
'Natuurlijk.'
'Dat is fijn, zo met mijn kinderen.'
Terwijl ze hangend aan hun armen, ver voorovergebogen tussen hen voortstrompelde, haar hoofd naar de grond, keek hij af en toe bezorgd naar haar. Ze hijgde een beetje.
'Zie je wel,' zei Nicolien. 'Je had dat nooit mogen voorstellen. Straks krijgt ze nog ik weet niet wat.'
'Is het niet te ver?' vroeg hij.
'Niks hoor. Ik kan nog best.'
'Misschien kunnen we nog even gaan zitten?' stelde Nicolien voor toen ze langs een bank kwamen.

Haar hand ver voor zich uit strekkend langs de leuning, hees ze zich de trap van het portiek op, terwijl Nicolien haar aan de andere kant omhoogduwde. Boven gekomen grabbelde ze in haar jaszak, opende de deur en tuimelde voorover in een drafje het huis in, nam in de kamer de bocht en plofte in haar stoel, waar ze wezenloos bleef zitten.
'Gaat het?' vroeg hij.
'Ja hoor, het gaat best,' zei ze werktuiglijk.
'Zal ik u even uit uw jas helpen?' vroeg Nicolien bezorgd.
Hij ging de gang weer op en bezocht de w.c. Toen hij er weer uitkwam stond Nicolien bij de kapstok, bezig haar moeders jas op een knaapje te hangen. 'Zie je nou wel dat je dat niet had kunnen doen?' zei ze. 'Ik zei het nog. Dat heb je nou van je doordrijverij.' Ze ging de keuken in.
Hij liep achter haar aan. 'Maar ze zei toch zelf dat ze dat nog wel kon?'
'Natuurlijk zei ze dat.' Ze vulde de ketel. 'Je kent haar toch? Ze is gewoon bang dat het te duur voor ons is om met de bus te gaan. Ze is toch geen veertig meer?'
'Nee, tachtig.'
'Ik zou daar nou maar geen grapjes over maken. Het is erg genoeg wat je gedaan hebt.'

'Ik maak geen grapjes,' zei hij. Hij liep terug naar de kamer. Zijn schoonmoeder zat met haar armen op de leuningen van haar stoel uit te blazen. 'Dag Jansen,' zei hij.
'Dag Pietersen,' antwoordde ze.
Hij ging in de grote stoel zitten en keek haar onderzoekend aan. 'Gaat het goed?'
'Ja hoor. En met jou?'
'Met mij gaat het best.'
'Dan is het goed.'
In de stilte drong het tikken van de klok in de achterkamer zich op.
'Waar is Niekewiekje?' vroeg ze.
'In de keuken. Koffiezetten.'
Ze duwde zich op. 'Moet ik dan niet helpen?'
'Nee, blijft u nou maar even zitten.'
Ze liet zich weer terugzakken. Hij pakte zijn boek en sloeg het open.
'Gaan we lekker een beetje lezen?' vroeg ze. Ze haalde de krant naar zich toe, vouwde hem open en zag toen dat hij naar haar keek. 'De familie Leesgraag,' grapte ze.

'Zouden we niet eens een borrel gaan drinken?' vroeg Nicolien.
'Daar zat ik nou net aan te denken,' zei haar moeder. Ze legde de krant weg en haar bril erbovenop.
'U lust er wel een,' zei hij. Hij zat op de bank voor het raam, met zijn rug naar het licht.
'Ja hoor. Ik ben een echte Van der Meer.'
Nicolien stond op. Ze deed het lampje op de schoorsteen aan en ging de kamer uit. Hij legde zijn boek opzij. In de vallende schemering wierp de gashaard een rode gloed over de vloer. De ketel op de haard suisde. Uit de achterkamer kwam het tikken van de klok. Hij hoorde in de verte de deur naar het balkon openen. Nicolien haalde de jenever. De deur ging weer dicht. Ze kwam met de jeneverfles en een glaasje advocaat met slagroom de kamer weer in, haalde borrelglazen uit het buffet en

vulde ze op de theetafel. 'Zo,' zei ze, de glazen voor hen neerzettend.
'Wat hebben we het weer goed,' zei haar moeder. Ze hief haar glas op. 'Proost! Op de goeie afloop zullen we maar zeggen.'
'Op welke afloop?' vroeg hij.
'Ach plaag.'
Hij lachte. 'Weet u nog van toen?'
'Ja hoor, dat weet ik nog best.'
'Dan is het goed.'
Ze zwegen. Hij dronk met kleine teugjes van zijn glas. In de schemer doezelden de meubels weg. Luisterend naar het suizen van de waterketel en het tikken van de klok zakte hij weg in een gevoel van leegte en tijdeloosheid, wat hem loom maakte.
'En zo zitten we maar te zitten,' merkte zijn schoonmoeder op. Ze zat half in het donker, vaag beschenen door het licht van de schemerlamp en de rode gloed van de gashaard.
Hij zocht naar een reactie, maar de situatie was zo onwerkelijk dat hij niets kon vinden. Als in een droom.

★

15 december 1973
'Hebt u de kip al gehaald?' vroeg Nicolien.
'Ja, die heb ik gehaald.'
'Dus u hoeft alleen nog maar naar de groenteboer?'
'En naar de kaasboer. Ik moet ook nog kaas hebben.'
Hij hoorde ze bij de kapstok bezig met hun jassen.
'We gaan even, hoor,' riep Nicolien. 'Even een paar boodschappen doen.'
'Ik pas wel op het huis,' riep hij terug.
De deur werd geopend.
'Even nog wat aan Maarten vragen,' hoorde hij zijn schoonmoeder zeggen. Achter hem werd de deur wat verder opengeduwd. 'Ach, Maarten, zou jij even naar de radio willen kijken?'
'Wat is er dan met uw radio?' vroeg hij.

'Hij doet het niet meer.'
'Ik zal ernaar kijken.'
Terwijl ze het portiek opgingen en de deur achter zich sloten, legde hij zijn boek omgekeerd op de leuning van zijn stoel en liep naar het raam. Het duurde even voor ze beneden hem in zicht kwamen. Ze draaiden zich om en keken omhoog, zijn schoonmoeder met haar hand boven haar ogen. Hij stak zijn duim op. Ze wuifden, wendden zich af en staken over. Hij keek ze nog even na en ging toen de achterkamer in. De radio stond op het luidsprekerkastje in de hoek, de voorste, kleinere knop lag ernaast. Hij trok een stoel bij en bekeek de pen waar de knop overheen had gezeten. Er zat een gleuf in waar een nippel aan de binnenkant van de knop in paste. Hij schoof de knop op zijn plaats, draaide hem naar rechts tot het klikte, draaide nog even door en wachtte. Het groene oog achter het schaalvenster gloeide op, maar het sloot zich niet en er kwam geen geluid. Hij stond op, bekeek de afstemschaal, draaide met de achterste knop de rode wijzer, die helemaal naar rechts stond, terug naar Hilversum, maar het geluid bleef weg. Met zijn handen op het toestel dacht hij een ogenblik na, boog zich naar voren en bekeek de achterkant. Het was een oud toestel. Lang geleden, toen zijn schoonouders radiodistributie hadden genomen omdat dat goedkoper was, was de luidspreker eruit gesloopt, ondergebracht in het luidsprekerkastje en met de distributie verbonden. Nu deze door de Gemeente was opgeheven, was het oude toestel weer in gebruik genomen en door oom Jan, nog net voor hij was opgenomen in het ziekenhuis, met een draad aan zijn vroegere luidspreker vastgemaakt. Die draad hing er los bij. Hij bekeek het uiteinde dat in de radio hoorde, haalde een schroevedraaier uit de kamer van zijn schoonvader en een aardappelmesje uit de keuken, en zette zich aan het herstel van de verbinding. Terwijl hij daarmee bezig was, hoorde hij hen het huis weer binnenkomen. Nicolien kwam de kamer in. 'Wat was het nou?' vroeg ze.
'Van alles.'
Ze kwam erbij staan en keek toe terwijl hij het uiteinde van de draad vastzette.

'Idioot dat ze zo'n radiodistributie opheffen,' zei hij. 'Niemand die zich ermee bezighoudt dat zo'n oud mens daar niet meer aan wennen kan.'
'Wat heeft ze dan gedaan?'
'God mag het weten. Ik denk dat ze eerst aan die grote knop is gaan draaien tot hij niet verder kon, en toen aan die kleine, en toen er geen geluid kwam, heeft ze net zolang staan rukken tot ze hem eraf had, en daarna heeft ze ook nog eens die draad losgetrokken.'
'Ik begrijp er niets van.'
'Het is ook niet te begrijpen. De vraag is alleen hoe je het haar aan haar verstand brengt.' Hij zette de radio weer recht, deed de stekker in het stopcontact en wachtte. Het klaverblaadje gloeide groen op, uit de luidspreker kwam muziek. 'Juist!' zei hij tevreden. Hij stelde hem nog wat beter af. 'Waar is moeder?'
'In de keuken.'
Hij opende de deur naar de gang. 'Moeder!'
Zijn schoonmoeder kwam vanuit de keuken aanlopen. 'Is hij gemaakt?'
'Hij is gemaakt.'
'Wat knap! Daar krijg je een zoen voor!'
'Dat is nou ook weer niet nodig,' zei hij verlegen, de zoen incasserend. 'Maar nu moet u goed kijken. Ziet u die rooie wijzer?' Hij zette zijn vinger op de afstemschaal.
Ze bracht haar gezicht vlak boven het toestel. 'Ik geloof het wel.'
'Kijk!' Hij draaide aan de grote knop, waardoor de muziek wegzakte en weer terugkwam.
'Even mijn bril halen.' Ze ging de voorkamer in en zocht in het wilde weg. 'Waar is mijn bril nou?'
'Bij uw stoel. Op het tafeltje,' hielp Nicolien.
'O ja.' Ze kwam terug, zette de bril op en boog zich opnieuw over de schaal.
'Dit is de wijzer!' – hij zette zijn vinger op de schaal. 'En zo beweeg ik hem heen en weer. Met die grote knop! Ziet u dat?'

'Ja, nu zie ik hem. Ja, ik geloof wel dat ik hem zie.'
'En nu staan hier een heleboel namen,' hij bewoog zijn vinger langs de schaal. 'Dat zijn zendstations.'
Ze tuurde ingespannen naar de schaal. 'O, zijn dat zendstations?'
'Dat zijn zendstations. En daar is Hilversum ook bij. Kijk! Dit is Hilversum 1,' hij zette zijn vinger op de schaal. 'En dit is Hilversum 2. Dat zijn de enige die u nodig hebt.'
'O ja.'
'Ik geloof niet dat moeder het begrijpt,' zei Nicolien.
'Begrijpt u het?' vroeg hij.
'Ik weet het niet. Vroeger was het allemaal wel veel makkelijker, hè? Ik ben al oud.'
'Dat valt wel mee.'
'Je zult er maar mee zitten, met zo'n oude moeder.'
'Ik zit er niet mee. De kunst is alleen om het aan uw verstand te brengen.'
'Zou je dat nou wel proberen?' merkte Nicolien op. 'Moeder begrijpt het toch niet, geloof ik.'
Haar tussenkomst irriteerde hem. 'Maar ze moet toch naar de radio kunnen luisteren? Daar gaat het toch om?'
'Maar kan dat dan niet wat eenvoudiger? Jij maakt het altijd zo ingewikkeld.'
'Ik maak het niet ingewikkeld. Eenvoudiger kan niet.'
'Waarom kan ik het niet weer gewoon met die zwarte knop doen?' vroeg haar moeder. 'Dat ging toch altijd goed?'
'Die zwarte knop is er niet meer,' zei hij. Hij begreep plotseling waarom ze die draad had losgetrokken. Ze had de radio verplaatst om bij de zwarte knop van de radiodistributie te komen.
'Is die er niet meer?'
'Die is er nog wel, maar die doet het niet meer.'
'Maar kan die dan niet gemaakt worden?'
'Het is toch schandelijk!' zei Nicolien. 'Alleen omdat ze zelf niet naar de radiodistributie luisteren!'
'Nee, die kan niet gemaakt worden,' zei hij. 'Die is opgeheven.'

'O.'
'Dus nu moet u het met de radio doen.'
'O ja.'
'En waar het nu om gaat, is dat u die rooie wijzer op dat blokje zet dat vóór Hilversum staat. Ziet u dat blokje?'
Ze tuurde ingespannen naar de plek bij zijn vinger. 'Ik geloof het wel.'
'Ik geloof dat moeder moe wordt,' zei Nicolien. 'Zou je er nou niet eens mee ophouden?'
'Wordt u moe?' vroeg hij.
'Nee, maar het zijn van die kleine lettertjes, hè?'
'Die lettertjes zijn toch veel te klein voor een oud mens!' zei Nicolien.
'Maar ze moet hem toch op Hilversum kunnen zetten?'
'Kun je hem dan niet vastzetten? Dat hij op Hilversum blijft staan?'
'Nee, dat kan niet. Bovendien heeft ze dan maar één zender.'
'Vroeger was het allemaal veel makkelijker, hè?' zei zijn schoonmoeder. 'Toen had je zo'n zwarte knop.'
Hij knikte, in gedachten. 'Ik zal twee rode pijltjes op die schaal plakken,' bedacht hij. 'Dat is gemakkelijker.'

'We gaan nu even naar Klaas, moeder,' zei Nicolien. – Ze hadden hun jassen al aan. – 'Die ligt in het ziekenhuis. We zijn zo weer terug.'
'Ligt die in het ziekenhuis?' vroeg haar moeder. 'Toch niets ernstigs?'
'Nee, iets aan zijn voet.'
'O, aan zijn voet.'
'Dus u weet nou hoe u de radio moet bedienen?' vroeg Maarten.
'Ja hoor. Nou weet ik het wel.'
'De kleine knop naar rechts draaien en dan wachten tot er geluid komt.'
'Ja, de kleine knop naar rechts draaien.'
'En de grote knop alleen gebruiken als u hem op het andere Hilversum wilt zetten.'

'Ja, maar ik laat het maar zo. Dat is gemakkelijker.'
'Dat is ook goed natuurlijk.'
'Dus tot straks,' zei Nicolien.
'Tot straks. Maak er maar een gezellige middag van.'
'En de groeten,' vulde hij aan.
'Ja, jij ook.'
'Zou het nou tot haar zijn doorgedrongen dat we naar Klaas zijn?' vroeg hij toen ze het portiek afgingen.
'Ik weet het niet,' zei ze afwezig.
'Volgens mij weet ze niet eens wie Klaas is.'
Ze gaf daar geen antwoord op.

'Daar zijn we weer,' zei Nicolien opgeruimd. Ze gaf haar moeder een zoen. 'Zijn we niet gauw terug?'
'Dag kind,' zei haar moeder. Ze maakte een aangeslagen indruk.
'Bent u niet blij?'
'Jawel, maar de radio is weer stuk.' Ze keek hulpeloos naar Maarten, die juist de kamer inkwam.
'Wat is er dan mee?' vroeg hij. Hij liep door naar de achterkamer.
'Hij doet het niet.'
Hij draaide aan de voorste knop, zag dat de wijzer helemaal naar rechts stond, zette hem op Hilversum en keek toen er geen geluid kwam achter het toestel. De draad naar de luidspreker was opnieuw losgetrokken. 'Het is net een vogel,' zei hij tegen Nicolien, die achter hem aan was gekomen. 'Alles wat in het nest wordt aangetroffen en anders is dan vroeger wordt eruit gemieterd.' Hij wendde zich tot zijn schoonmoeder, die in de andere kamer in haar stoel was blijven zitten. 'U hebt de draad weer losgetrokken.'
'Mag dat dan niet?'
'Nee, want dan maakt hij geen geluid.'
'O nee?'
'Wat wou je nu doen?' vroeg Nicolien.
'Maken! En ik zal er papiertjes aan vastplakken met: *Afblijven.*'

'Denk je dat dat wat helpt?'
Hij keek bedenkelijk. 'Ik ben bang van niet. Maar wat moet je anders?' Hij ging de kamer uit en kwam even later terug met de schroevedraaier en het aardappelmesje. Nicolien stond nog bij de radio. 'Zo zie je weer wat een ellende die uitvindingen zijn,' zei hij.

★

2 februari 1974
Toen ze vanaf het Gevers Deijnootplein doorstaken naar de boulevard kwam de wind hen met kracht tegemoet, zand voor zich uitschuivend.
'Wat een wind, hè?' zei zijn schoonmoeder. Ze hield met haar vrije hand de kraag van haar jas dicht.
'Zullen we eerst even naar de haven lopen?' stelde Nicolien voor.
'Goed.' Hij keek naar zijn schoonmoeder. 'Bent u bang voor de wind?'
'Niks hoor. Maar hij moet niet te hard zijn, hè?'
'Dat is een ding dat zeker is.'
'Want anders weet je maar niet wat er gebeurt.'
'Nee, dan ben je je leven niet zeker.'
'Dat wou ik ook maar zeggen.'
Er waren veel wandelaars. Langs het trottoir stond een lange rij auto's, waarin mensen naar de zee zaten te kijken. De wind stond recht op de kust en stuwde hoge golven met witte schuimkoppen naar het strand, waarvan maar een smalle strook was overgebleven. Van de Scheveningse slag kwam een lange rij auto's, die traag achter de geparkeerde auto's langs de boulevard afreden, bumper aan bumper.
'Ging u vroeger ook wel eens naar de boulevard?' vroeg hij.
'Ja hoor, altijd.'
'Ik bedoel, toen u nog een kind was?'
'Nee, toen we op Schevening woonden.'
'Maar dat was later.'

'Ja, dat was later.'
'En ging u dan ook als het stormde?'
'Nee, als het stormde niet.'
Langzaam voortlopend keek hij naar de mensen om hen heen en naar hun honden. Het rumoer van de branding overstemde de geluiden. 'Hoe ver wou je gaan?' vroeg Nicolien.
'Een eindje de pier op?'
'Durven we dat wel?' vroeg zijn schoonmoeder.
'Als u erbij bent, durven we alles!'
Ze moest daarom lachen. 'O, kind!'
Er waren er meer die de pier opgingen. Doordat het daar smaller was, leek het zelfs drukker dan op de boulevard. Telkens als een golf op de basaltblokken brak en een regen van druppels over de balustrade wierp, weken de mensen gillend en lachend terug. Aan het eind, achter het havenlicht, spoot elke paar minuten een wolk van water en schuim met donderend geweld omhoog. Zijn schoonmoeder klemde zich met beide handen aan hen vast, bang dat ze weg zou waaien. Ze bleven staan en keken naar de aanstormende golven, die zich door de nauwe haveningang naar binnen persten, waarna ze in de luwte in een lange deining enigszins tot rust kwamen.
'Herinnert u zich nog dat hier voor de oorlog de SCH 102 is vergaan?' riep hij tegen zijn schoonmoeder.
Ze schudde haar hoofd. 'Nee, dat herinner ik me niet.'
'Omdat hij de haveningang gemist had.'
'O ja?'
'Drie mensen verdronken.'
'Kunnen we nou niet beter teruggaan?' vroeg ze benauwd.

In het café op de hoek van de Palacestraat, waar ze altijd zaten als ze langs de boulevard hadden gewandeld, vonden ze nog net een tafel. Het was er stampvol. Hij keek met weerzin naar de gezichten om hen heen en stelde, niet voor de eerste keer, vast dat Onze Lieve Heer weinig reden had om zich op de borst te slaan.
'Wat wilt u hebben, moeder?' vroeg Nicolien.

'Geef mij maar een ijsje.'
'Een ijsje? En het is winter!'
'Dat hindert toch niet?'
'Maar de dokter heeft toch gezegd dat u niet meer zoveel mag snoepen.'
'Ja, kind. Dokters zeggen zoveel. Dokters zijn dom.'
'Waarom neemt u niet liever een kopje koffie. Dat is toch ook lekker?'
'En toch heb ik liever een ijsje.'
'En als dat nou niet goed voor u is?'
'Ach kind. Laat dat oude mens nou maar.'
'Wat vind jij nou?' vroeg Nicolien. 'Zeg jij nou ook eens wat. Kan moeder nou al weer een ijsje nemen?'
'Als je geen ijsje meer kunt eten, kun je beter gepiept zijn,' zei haar moeder geprikkeld.
'Geef haar dan maar een ijsje,' zei hij. 'Wat doet het ertoe.'
'Nou, u moet het zelf weten,' zei Nicolien. 'Maar ik vind het niet verstandig.'
'Dan maar niet verstandig,' vond haar moeder.
'En jij?' vroeg ze. 'Wat neem jij?'
'Een jonge maar,' besliste hij.
Terwijl ze op hun consumpties wachtten, zakte hij langzaam weg in een grote loomheid. Of het van de beperkte conversatie, of van de Haagse lucht, of van de zon en de zee, of van het langzame lopen kwam, hij kon zijn ogen haast niet meer openhouden. Soezerig luisterde hij naar het geroezemoes en keek tussen zijn halfgesloten oogleden naar zijn schoonmoeder, die geconcentreerd haar ijsje tot in de kleinste uithoeken van het schaaltje zat uit te lepelen. Toen ze klaar was, schoof ze het met een verzaligd gezicht van zich af en zakte terug in haar stoel. Haar blik kruiste de zijne. 'Ha die Jansen,' zei ze, haar hand oplichtend.
'Ha die Pietersen,' antwoordde hij.

'Ik wou bij de Goudenregenstraat uitstappen,' zei hij toen ze bij het Corner House op lijn 3 stonden te wachten, 'om de krant te halen.'

'Maar ben je dan wel op tijd voor de borrel?'
'Ik ga de hort niet op.'
'Want dat is voor moeder een feestje.'
'Ik weet het.'
De tram zat stampvol, mensen die aan het eind van de zaterdagmiddag terugkwamen uit de stad. Een meisje stond voor zijn schoonmoeder op en bij de volgende halte kwam de plaats ernaast vrij voor Nicolien.
'Nou, tot straks,' zei hij toen de tram bij de Goudenregenstraat stopte.
'Wat gaat Maarten nou doen?' hoorde hij zijn schoonmoeder vragen.
'De krant halen,' antwoordde Nicolien.
Hij glimlachte, zwaaide nog even en stak de straat over naar de kiosk. Zodra hij alleen was, trok de loomheid weg. Met lichte tred liep hij de Laan van Meerdervoort af, een man op zaterdagmiddag op weg naar huis.

★

13 februari 1974
De telefoon ging over. Hij nam de hoorn op. 'Met Koning.'
'Dag. Ik ben met moeder bij de oogarts geweest, en ze moet overmorgen al geopereerd worden.'
'Dat is gauw.'
'Hij vond het niet verantwoord nog langer te wachten bij zo'n oud mens.'
'Aan beide ogen?'
'Nee, aan één oog. Het andere komt het volgend jaar.'
'En wat gebeurt er dan precies?'
'Er wordt een lens ingezet.'
'Een contactlens?'
'Nee, een lens! In het oog.'
Hij probeerde zich het voor te stellen.
'Griezelig, hè?'
'Ja, griezelig.'

'Ik vind ogen toch al zo griezelig, maar anders zou ze blind zijn geworden.'
'Dat is toch wel mooi.'
'Ja. Maar nu wou ik maar hier blijven, want ze moet morgen al naar het ziekenhuis.'
'Ja, natuurlijk.'
'En als jij dan het weekend komt...'
'Welk ziekenhuis is het?'
'Het oogziekenhuis. Dat is naast Leijenburg.'
'Is moeder daar?'
'Ja. Wou je haar spreken?'
'Even.'
'Moeder,' haar stem kwam nu uit de verte, 'hier is Maarten. Hij wil u ook even spreken.'
Er was enig gerommel in de telefoon en toen, heel hard, de stem van zijn schoonmoeder. 'Dag Maarten. Ben je daar?'
'Ja, hier ben ik. Hoe gaat het met u?'
'Goed hoor. Met jou ook?'
'U moet naar het ziekenhuis, hè?'
'Ja, dat zeggen ze.'
'Bent u zenuwachtig?'
'Nee, maar het is een beetje eigenaardig, hè? Want ik ben nog nooit in een ziekenhuis geweest.'
'Ja, dat is wel eigenaardig natuurlijk.'
'En hoe gaat het met jou?'
'Goed hoor. Ik kom gauw naar u kijken.'
'Dat is gezellig.'
'En houdt u maar goed.'
'Ja hoor, dat zal ik doen.'
'En geeft u me nou Nicolien maar weer. Dag moeder.'
'Maarten wil jou weer hebben,' hoorde hij haar uit de verte zeggen.
'Ja, daar ben ik weer.'
'Ze is er nogal gelijkmoedig onder, hè?'
'Ik geloof niet dat ze het helemaal begrijpt.'
'Des te beter. Dan kom ik dus vrijdagavond. Sterkte maar.'

'Ja, ik bel nog wel. Dag.'
Hij legde de hoorn langzaam neer en stond op. Ad en Bart keken naar hem van achter hun boekenkasten. 'Mijn schoonmoeder moet aan haar ogen geopereerd worden.'
'Ja, ik meende zoiets te begrijpen,' zei Bart.
'Ze krijgt een lens in haar oog.'
'Dan zal ze wel glaucoom hebben.'
'Heb je in dat geval glaucoom?'
'Ja, dat is een nieuwe methode, van een oogarts in Zeeuws-Vlaanderen. Vroeger werden dergelijke patiënten blind.'
'Worden ze dan ook verdoofd?' vroeg Ad.
'Dat zal toch wel?' zei Maarten.
'Dan mag ze wel uitkijken, want daar kun je dement van worden.'
Maarten lachte.
'Ze was toch al dement aan het worden?'
'Is je schoonmoeder dement?' vroeg Bart bezorgd.
'Dat maakt Ad ervan.'
'Nou, als je niet weet dat je een giro hebt, dan vind ik dat behoorlijk dement,' zei Ad.
'Ze raakt in de war als ze met iets nieuws geconfronteerd wordt,' zei Maarten tegen Bart. 'Zo'n oud mens heeft een pad in de jungle uitgesleten waar ze iedere dag langs rent, net als een mol, en als er dan iets op haar weg ligt dat ze niet kent, raakt ze in de war.'

*

16 februari 1974
Ze lag op een zaaltje met vijf andere vrouwen. Toen ze tussen de overige bezoekers binnenkwamen, zat ze rechtop tegen de kussens met een zwarte lap over haar rechteroog.
'Dag moeder,' zei Nicolien. Ze legde de bloemen op het bed en gaf haar een zoen.
Haar moeder keek haar aan met haar linkeroog alsof ze zich afvroeg wie daar was. 'Dag kind,' zei ze toen.

‘Dag moeder,’ zei hij, haar ook een zoen gevend.
‘Hoe gaat het?’ vroeg Nicolien.
‘Goed hoor,’ zei ze toonloos.
‘Gaat het niet zo goed?’
‘Ze heeft de hele nacht stennis gemaakt,’ zei de vrouw in het bed ernaast. ‘We hebben geen oog dicht kunnen doen.’
Hij keek naar haar. Ze had ook een zwarte lap, maar voor haar linkeroog. Nicolien negeerde de opmerking.
‘Ik weet eigenlijk niet wat ik hier doe,’ zei haar moeder.
‘U ligt in het ziekenhuis.’
Haar moeder schudde haar hoofd.
‘U bent geopereerd!’
Ze moest lachen. ‘Praat toch niet zo’n onzin.’
‘Nee, u bent echt geopereerd,’ zei hij.
‘Ja, het zal wel.’
‘U brengt het haar toch niet aan haar verstand,’ zei de vrouw naast haar. ‘U bent zeker haar dochter?’
‘Ja,’ zei hij. Het mens irriteerde hem.
Nicolien deed of ze het niet hoorde. ‘Gelooft u niet dat u geopereerd bent?’ vroeg ze.
‘Natuurlijk niet. Ik ben toch gezond?’
‘U bent geopereerd aan uw oog! Omdat u niet meer zo goed kon zien!’
‘O.’ Het was duidelijk dat ze er het hare van dacht.
Nicolien keek naar hem. ‘Wat moeten we daar nou mee?’
Hij haalde zijn schouders op.
Ze herinnerde zich de bloemen. ‘Kijk eens wat we voor u hebben meegebracht?’
Haar moeder kwam wat verder overeind en bracht haar hand naar haar oogklep.
‘Nee!’ waarschuwde hij, haar arm vastpakkend. ‘Die mag u niet afzetten. Het is geen bril!’
‘Waarom mag ik die niet afzetten?’ vroeg ze boos.
‘Omdat u geopereerd bent! Dan verpest u alles!’
Ze schudde haar hoofd en zakte terug tegen de kussens.
Ze zwegen. Behalve aan het bed van de vrouw naast zijn

schoonmoeder, was aan alle bedden bezoek. Hun gepraat vulde de ruimte.
'Ik denk dat ik ze maar even in een vaas ga zetten,' zei Nicolien. Ze ging met de bloemen de zaal af.
Hij keek om zich heen. De vrouw naast hen lag bewegingloos voor zich uit te kijken. Tegenover haar zat een hele familie rond het bed van een patiënt.
'Ik vind het hier niet zo prettig,' zei zijn schoonmoeder.
Hij keek naar haar. 'Waarom vindt u het hier niet prettig?'
Ze trok een lip.
'Waarom vindt u het hier niet prettig?' herhaalde hij, haar hand pakkend.
Ze schudde haar hoofd.
Nicolien kwam terug met de bloemen in een monsterachtige vaas. 'Dit is het enige wat ik kon vinden,' zei ze, de vaas naast een glas vruchtensap en een paar flesjes op het nachtkastje zettend.
'Moeder vindt het hier niet prettig,' meldde hij.
'Nee?' Ze boog zich naar haar moeder over. 'Vindt u het hier niet prettig?'
Haar moeder schudde haar hoofd. 'Nee.'
'Waarom dan niet?'
'Er is hier niemand die eigen is.'
'Maar wij zijn er nu toch?'
Haar moeder reageerde daar niet op.
'Wij zijn er toch?' herhaalde Nicolien.
'Ik wil maar liever naar beneden, naar Jef.'
'Ze denkt geloof ik dat ze in het Badhotel is,' zei Nicolien. Ze wendde zich weer tot haar moeder. 'Maar oom Jef is er toch niet meer? Die is toch al dood?'
Haar moeder keek haar niet-begrijpend aan. 'Is die dood?'
'U bent hier niet in het Badhotel! U bent in het ziekenhuis!'
Haar moeder duwde haar onderlip naar voren en begon zachtjes te huilen. 'Ik wil maar liever naar huis,' zei ze.

Toen ze 's avonds terugkwamen, was haar bed toegedekt.
'Ze is er niet!' zei Nicolien verschrikt.

Bekropen door bange voorgevoelens liep hij langzaam achter haar aan naar het lege bed. Bij het voeteneind bleven ze besluiteloos staan.
'Ze is er niet meer,' zei de vrouw in het bed ernaast. 'Ze is naar haar broer.'
'Naar haar broer?' vroeg Nicolien verbijsterd.
'Ze zei dat ze haar broer ging zoeken.'
'Wat moet ik daar nou van denken?' zei Nicolien tegen hem.
Hij keek naar de deur. Zijn schoonmoeder kwam aan de arm van een verpleegster de zaal in. 'Daar is ze,' zei hij.
'Zijn jullie daar?' vroeg ze toen ze hen bij het bed zag staan. Ze maakte een verwezen indruk.
'Waar was u nou?' zei Nicolien, haar een zoen gevend.
'Zo, en nu stoppen we u weer lekker in uw bed,' zei de verpleegster. Ze sloeg het dek open en nam haar bij de arm.
'Ik wil liever naar mijn broer,' protesteerde ze.
'Straks mag u naar uw broer, maar nu gaat u eerst even in bed.' Ze duwde haar met zachte hand op de rand van het bed, tilde haar benen naar binnen en sloeg het dek eroverheen, waarna ze haar omhoogtrok tegen de kussens. 'En nu niet meer weglopen, hoor!'
De vrouw in het bed ernaast had een en ander met belangstelling gevolgd. 'Die blijft er niet in hoor,' voorspelde ze.
'Waar was ze nou?' vroeg Nicolien aan de verpleegster.
'Ze liep hier beneden haar broer te zoeken,' zei het meisje, haar haar van haar voorhoofd strijkend. 'Ik denk dat ze een beetje in de war is. We zullen haar straks als het bezoek weg is een spuitje geven. Een prettige avond nog.' Ze liep weg.
'Wat hebt u nou gedaan?' zei Nicolien tegen haar moeder, haar pols pakkend. Ze boog zich naar haar over en gaf haar een zoen. 'U mag uw bed toch niet uitgaan?'
Haar moeder begon zachtjes te huilen. 'Ik vind het hier niet prettig. Ik wil naar Jef.'
'Maar u bent in het ziekenhuis! U bent niet bij oom Jef!'
Haar moeder schudde huilend haar hoofd. 'Ik wil naar Jef. Ik wil naar Jef.'

'Wat moeten we daar nou aan doen?' zei Nicolien radeloos.
Hij boog zich nu ook naar haar over en pakte haar andere hand. 'U bent in het ziekenhuis!' zei hij met nadruk. 'U bent geopereerd!'
'Kan ik niet naar huis?' vroeg ze huilend. 'Ik wil liever naar huis.'
'Nee, u mag nog niet naar huis.'
'U moet nog een paar dagen blijven,' zei Nicolien. 'Dan mag u naar huis.'
Het huilen werd minder. Ze keek haar van heel ver weg aan.
'Waar ben ik dan?'
'In het ziekenhuis!'
'Ben ik in het ziekenhuis?'
'U bent geopereerd! Aan uw oog!'
Haar moeder keek haar verwezen aan. 'Ik zie ze geloof ik vliegen,' zei ze toen.

'En nu gaat u lekker slapen, hè?' zei Nicolien, zich naar haar overbuigend. 'En niet meer uw bed uitgaan, hoor!' Ze gaf haar een zoen. 'Morgen komen we weer naar u kijken.'
'Dag kind,' zei haar moeder toonloos.
'Zult u niet meer uw bed uitgaan?'
Haar moeder keek haar aan alsof ze een vreemde was.
'Zegt u maar dat ze niet zo'n lawaai maakt 's nachts,' zei de vrouw naast haar, 'want we worden daar allemaal hartstikke gek van.'
Nicolien negeerde dat.
'Dag moeder,' zei hij, haar ook een zoen gevend.
Ze reageerde daar niet op.
Bij de deur draaiden ze zich nog een keer om. Nicolien wuifde. 'Dag.'
Haar moeder bleef bewegingloos voor zich uit kijken, haar goede oog van hen afgewend.
'Ze ziet het niet,' zei hij.
Gedrukt liepen ze de gang uit.
'Zouden we niet even naar de hoofdzuster gaan, vragen wat ze daar nou van denken?' stelde Nicolien voor.

Hij knikte. 'Goed.'
In een met glas afgeschoten ruimte halverwege de gang zaten vier meisjes thee te drinken, drie witte en een zwarte. Ze keken op toen ze in de deuropening verschenen.
'We zouden graag de hoofdzuster even willen spreken,' zei Nicolien.
'Dat ben ik,' zei het zwarte meisje, tot zijn verrassing. Ze stond op.
'Ik ben mevrouw Koning. Ik ben de dochter van mevrouw Haspers. We vinden mijn moeder zo slecht.' Ze sprak de woorden heel precies uit, als altijd wanneer ze zenuwachtig was, hetgeen de sociale afstand tot die meisjes nog eens accentueerde.
'Nee hoor, ze is best,' zei het meisje, niet erg vriendelijk.
'Maar ze is toch erg in de war?'
'Dat is gewoon. Dat betekent niks.'
'Is dat gewoon?' vroeg Nicolien verbaasd.
'Dat hebben ze wel meer.'
'Komt dat dan door de narcose?' vroeg hij.
Ze keek hem aan alsof ze dat een wel heel domme opmerking vond. 'Nee, dat heeft ze altijd.'
Eenmaal gek is altijd gek, begreep hij, maar hij hield dat voor zich.
'Maar we zullen haar een spuitje geven,' zei het meisje, zich afwendend naar een aanrechtje in de hoek. 'Dat waren we toch al van plan.'
'Dank u,' zei Nicolien verbluft.
Enigszins aangeslagen verlieten ze het ziekenhuis.
'Hoe moet dat nou als ze straks weer thuis is?' vroeg Nicolien zich af toen ze in het donker de Leyweg afliepen naar het huis van haar moeder.
'Dat lijkt me moeilijk,' gaf hij toe.
'Ik zal er haast een poosje moeten blijven.'
'Tot ze zichzelf weer kan behelpen.'
'Maar hoe moet dat dan met jou?'
'Ik kan toch wel voor mezelf zorgen?'

'Ook je eten maken?'
'Natuurlijk.'
'Of anders moet je maar op en neer reizen.'
'En de katten dan?'
'Die halen we dan ook hiernaartoe. Of je gaat elke dag even naar ze kijken.'
'Nee, dat wordt te gek,' vond hij. 'Dan zorg ik liever voor mezelf.'

★

6 maart 1974
Hij liep naar het einde van het perron en bleef buiten de overkapping staan, in de wind. Voor hem lag het emplacement met een enkel verlaten treinstel en overal rode en gele seinlampen. Links lag de stad, het Droogdok en de huizen van de Haarlemmer Houttuinen, rechts de lange rij straatlantaarns langs de Westerdoksdijk, de huizen van het Bickerseiland en de Zandhoek, en daarachter de lichten aan de overkant van het IJ. Het water was woelig en lichtte in het donker op met een staalachtige glans. Op de pieren brandde een enkele lamp. Hij keek in de richting vanwaar de trein moest komen, zijn handen in zijn zakken, zijn jaspanden wapperend in de wind. Toen hij in de verte de koplampen van de trein tussen de geparkeerde treinstellen tevoorschijn zag komen, draaide hij zich om en liep langzaam terug. Niet ver van de middentrap reed de trein hem voorbij. Hij bleef staan, turend naar de deuren van de eerste wagon en zag Nicolien daarachter in een flits voorbijkomen. Op het ogenblik dat de deuren openzwaaiden was hij er. 'Ha!' zei hij. Hij gaf haar een zoen en nam tegelijk de weekendtas van haar over.
'Hoe was het?' vroeg hij toen ze naar de uitgang liepen.
'Huilen natuurlijk.'
Hij knikte.
'Ik heb gezegd dat we het weekend weer komen.'
'Ze kan nog niet alleen naar Willy en Bertha,' begreep hij.

'Volgende week weer, hoop ik.'
Ze kwamen het station uit en liepen tussen de trams door naar de brug.
'En die mevrouw Peereboom?' vroeg hij toen ze waren overgestoken naar het trottoir langs de Prins Hendrikkade.
'Die komt nu twee keer per dag voor die druppeltjes, tot ze dat zelf kan.'
'Dat is toch wel een geluk dat je die gevonden hebt.'
'Een ontzettend geluk.'
Ze liepen een tijdje zwijgend naast elkaar.
'Hoe was het vandaag op het Bureau?' vroeg ze.
'Gewoon.'
'En wat heb je gegeten?'
'Mijn gewone prak.'
'Met knoflook zeker.'
'Ja. En dat oog. Heb je nu de indruk dat ze daarmee nu beter kan zien?'
'Ik kan eigenlijk geen verschil merken,' zei ze, 'maar misschien komt dat nog?'

★

18 maart 1974
De telefoon ging. Hij tikte de zin af en nam de hoorn op. 'Met Koning,' zei hij afwerend.
'O, Maarten, ben je daar?' – zijn schoonmoeder – 'Is Niekewiek er niet? Ik kan mijn oogdruppeltjes niet vinden.'
'Hebt u dan wel goed gezocht?'
'Ja, maar ik kan ze niet vinden.'
'Ze zullen vast wel ergens zijn.'
'Ja, maar als ik ze nou niet kan vinden?'
Aan haar stem hoorde hij dat ze in paniek was. 'Ik zal haar even roepen.' Hij stond op en ging de kamer uit. Nicolien zat op het krukje in de keuken koffie te malen. Hij bleef in de deuropening staan. 'Moeder is aan de telefoon.'
Ze hield de zwengel stil. 'Ze is toch weer niet wat kwijt?'

'Haar oogdruppeltjes.'
'Het wordt steeds erger lijkt het wel.' Ze zette de koffiemolen op het aanrecht en stond op. 'Wat moeten we daar toch mee?'
Hij liep achter haar aan, terug naar de kamer.
Ze nam de hoorn op. 'Ja moeder.'
Hij ging op de divan zitten en wachtte, met zijn hoofd bij het commentaar dat hij aan het schrijven was.
'Maar hebt u dan wel goed gezocht? ... Waar hebt u dan gezocht? ... En op de schoorsteenmantel in de achterkamer? ... Kijkt u daar dan nog eens.' Ze draaide zich naar hem om. 'Ze is helemaal in paniek,' zei ze, zelf ook in paniek.
'Ze vindt ze wel weer,' zei hij om haar gerust te stellen.
Ze wendde zich af. 'Ja moeder? ... En in de glazen kast? ... Kijkt u daar dan ook nog maar even.'
Terwijl ze haar moeder het hele huis doorstuurde, wachtte hij op de divan tot hij weer aan zijn bureau kon, verstrooid luisterend naar haar aanwijzingen, het commentaar als een onvoldragen kind in zijn hoofd. Zodra ze een half uur later de hoorn neerlegde, stond hij op.
'Ze heeft ze niet gevonden,' zei ze wanhopig.
'Ze komen wel weer tevoorschijn.'
'Maar hoe dan?'
'Ze zijn toch altijd weer tevoorschijn gekomen?'
'Maar als ze die druppeltjes niet neemt, dan gaat het weer mis met haar ogen.'
'Laten we nou eerst maar even afwachten.'
'Ja, afwachten, jij hebt makkelijk praten! Jij bent niet verantwoordelijk!' Ze ging de kamer weer uit, terug naar de keuken.
Hij zette zich weer achter zijn bureau en schreef het commentaar in één ruk af. Daarmee was hij om twaalf uur klaar, hij gunde zich geen rust en ging meteen door met het overtikken in het net. Terwijl hij daarmee bezig was, belde zijn schoonmoeder opnieuw, juist toen Nicolien de deur uit was om boodschappen te doen. 'O, dag Maarten, met moeder!'
'Dag moeder.'

'Ik heb het flesje gevonden hoor!'
'Mooi! Ziet u wel!'
'Maar nou weet ik niet zeker of dat het flesje wel is.'
'Wat is het dan voor flesje?'
'Ja, hoe moet ik dat nou zeggen.' Het werd stil.
'Is het bruin?'
'Nee, bruin is het niet, geloof ik. Meer wit.'
Hij herinnerde zich niet met zekerheid of het flesje niet wit was. 'Zit er geen etiket op?'
'Ja. Ik geloof het wel.'
'Wat staat daar dan op?'
Het was enige tijd stil. Aan de andere kant van de lijn klonk gerommel. 'Ik weet het niet, want ik kan mijn bril niet vinden. Is Niekewiek er niet?'
'Nee, die doet boodschappen. Wat voor kleur heeft dat etiket dan?'
Het was opnieuw even stil. 'Goud met groen.'
'Dan is het eau de cologne! Dat mag u beslist niet gebruiken!'
'O nee? Is dat eau de cologne?'
'Ja, dat is eau de cologne! Als u dat in uw ogen doet, dan doet dat heel erg pijn!'
'O ja?'
'Ja. Zult u dat niet doen?'
'Nee, ik zal het niet doen. Is Niekewiek daar niet?'
'Nee, die is boodschappen doen,' zei hij geduldig.

'Moeder heeft weer opgebeld,' zei hij zonder met tikken op te houden. 'Ze wilde eau de cologne in haar ogen doen.'
'Hoe moet dat nou?' vroeg ze geschrokken.
'Ze zal het niet doen,' antwoordde hij met zijn gedachten bij zijn werk.
'Kun je nou niet even ophouden met tikken?' vroeg ze geïrriteerd. 'Ik praat toch tegen je?'
Hij hield op met tikken en keek haar afwezig aan.
'Je zit werkelijk als een gek te werken!'
'Ik ben bijna klaar.' Hij keek tersluiks naar het papier in zijn machine, klaar om weer verder te gaan.

'Je werkt je nog in je graf op die manier!'
'Zo gauw werk je je niet in je graf.'
'Wat denk je daar nu eigenlijk mee te bereiken? Elke tien minuten die je zo wint, kost je een jaar van je leven!'
Hij lachte een beetje.
'Kun je nou niet even pauzeren, dat we tenminste rustig theedrinken?'
'Ik had het voor de thee af willen hebben.'
'Dan heb je het maar na de thee af! Nou praat je met mij! Wat zei moeder nou precies?'
'Ze dacht dat ze het flesje gevonden had, maar toen bleek dat het eau de cologne was.'
'Maar dat is toch verschrikkelijk?'
Hij reageerde daar niet op, te veel in beslag genomen door zijn werk.
'Zeg nou eens wat! Kom achter die machine vandaan en ga op de divan zitten! Ik wil precies weten wat moeder gezegd heeft!'
Hij stond onwillig op en liep naar de divan. 'Verder zei ze niets. Ik heb haar het flesje laten beschrijven en toen begreep ik dat het eau de cologne was.'
'En nou drink je eerst rustig je thee!' zei ze toen hij zat. 'Het lijkt soms werkelijk wel of je krankzinnig geworden bent met dat gewerk!'
Terwijl ze naar de keuken ging om theewater op te zetten, keek hij afwezig voor zich uit, zijn onderarmen op zijn knieën, niet rustig, wel moe. Hij vond dat ze gelijk had. Eigenlijk vond hij dat altijd, van iedereen, maar hij wist ook niet hoe hij zichzelf zou moeten veranderen en toen ze weer terug was in de kamer wachtte hij zorgelijk tot hij weer aan de slag mocht, waarna hij de zaak in twintig minuten afsloot, om half vijf precies, zonder enige voldoening. Hij schreef een giro uit en verliet het huis om die naar de bus te brengen. Buiten was het zonnig, een frisse wind, heldere kleuren. Er zouden betere dingen te doen zijn geweest dan het schrijven van een commentaar, dat ook niet veel meer was dan het overschrijven

van waarheden en halve waarheden uit de boeken van anderen. Hij deed het girobiljet in de blauwe bus, kocht de krant en liep met een omwegje naar huis terug, onvoldaan.
Toen hij de kamer inkwam, legde Nicolien juist de hoorn van de telefoon neer. 'Nou heeft ze het flesje gevonden en nou is het leeg,' zei ze wanhopig, zich naar hem omdraaiend.
'Goeie God.'
'Dan moeten we mevrouw Peereboom maar weer inschakelen, want ik zie het zo echt niet meer zitten.' Ze stond op en ging verslagen in haar stoel zitten.
Hij plaatste zich tegenover haar op de divan. 'Dat moet je dan maar doen, want als ze die druppels niet neemt, dan gaan haar ogen naar de bliksem, en het is duidelijk dat ze ze niet neemt, of in ieder geval onvoldoende.'
'Maar ze moet het wel goed vinden.'
'Ook als ze het niet goed vindt.'
'Wat krijgen we nou?' zei ze, plotseling kwaad wordend. 'Dat beslis jij toch niet, hoop ik?'
'Ik beslis het niet,' verdedigde hij zich.
'Dat moet moeder toch zeker zelf beslissen?'
'En als ze dat nou niet beslissen kan?'
'Als een oud mens naar een bejaardenhuis moet, dan moet ze daar toch ook haar toestemming voor geven?'
'Als ze dat kan.'
'Ook als ze dat niet kan! Hoor je me! Ook als ze dat niet kan! Als moeder mevrouw Peereboom er niet bij wil hebben, dan denk ik er niet over om dat mens erbij te halen! Hoor je me?'
'Als iemand bezig is dement te worden dan ben je verantwoordelijk!' zei hij, nu ook geïrriteerd. 'Je kunt toch niet toelaten dat ze blind wordt?'
'En wie zegt dat ze blind wordt? Wat weet jij daarvan? Je bent toch geen dokter?'
'Daar hoef je geen dokter voor te zijn.'
'Waar bemoei je je dan mee als je geen dokter bent? Ik bemoei me toch ook niet met jouw werk? Ik zeg toch ook niet wat jij op je Bureau moet doen?'

'Wel godbewaarme,' zei hij verontwaardigd, 'je doet de hele dag niet anders dan je met mijn werk bemoeien!'
'Voor je bestwil, ja! Omdat ik me ongerust maak! Mag dat soms niet meer? Mag ik me niet ongerust maken als jij hier de hele dag als een idioot zit te werken?'
'En dit is dan voor het bestwil van je moeder!' zei hij wat rustiger, overtuigd van de kracht van het argument.
'Dat is helemaal niet voor het bestwil van mijn moeder! Dat is iets heel anders! Ik bemoei me toch ook niet met je fiches? Hoe die gemaakt moeten worden?'
'Je wilt je moeder toch niet met een fiche vergelijken?'
'Dat meen je toch niet?' Ze stond dreigend op en boog zich naar hem over, woedend. 'Die opmerking trek je toch in, hoop ik! Je gaat toch niet ook nog de spot met me drijven? Met mijn ongerustheid? Zo erg maak je het toch niet? Dat zul je toch niet doen? Zo'n rotstreek zul je toch niet uithalen?'
Hij was onwillekeurig wat in elkaar gedoken, bang voor een onverhoedse aanval. 'Die opmerking trek ik in,' zei hij zonder haar aan te kijken.
'Dat zou ik ook zeggen! Dat is je geraden! Mijn moeder met een fiche vergelijken! Hoe durf je! Zoiets ergs heb je nog nooit gezegd! Heb je zo hard gewerkt, dat je zelfs tegen mij niet meer weet wat je zeggen kunt? Werk dan niet zo hard! Wees eens wat normaler alsjeblieft!' Ze wendde zich abrupt af en liep kwaad de kamer uit, naar de keuken.
Hij bleef op de divan achter, triest.

*

21 april 1974
'Moeder is ziek,' zei ze, de hoorn op de haak leggend. 'Ze komt niet.'
'Ik hoor het,' zei hij. 'Wat heeft ze?'
'Draaierig en telkens naar de w.c.'
Hij knikte.
Ze bleef besluiteloos bij het bureau staan. 'Zou ik dan niet naar haar toe moeten?'

'Dat zou je kunnen doen.'
'Want hoe komt ze anders aan haar eten?' Ze kwam naar haar stoel en ging zitten.
'Ja,' zei hij vaag.
'Maar ik heb de kip al gebraden.' Er klonk een lichte paniek in haar stem door.
'Dan neem je de kip mee.'
'Hoe kan dat nou? Ik kan hem toch niet in een zakje doen?'
'Dan neem je hem in de pan mee.'
'En jij dan? Wat moet jij dan eten?'
Hij aarzelde. 'Dan ga ik ook mee.'
'Maar moet je dan niet werken?'
'Ik hoef toch niet altijd te werken,' hij legde zijn boek weg.
Ze keek op de klok. 'Dan moeten we nu wel weggaan. Dan zijn we er nog voor de koffie.'

'Als ze ons nou maar hoort...' zei ze boven aan het portiek. 'Ze is weer zo doof de laatste tijd. En als ze dan in bed ligt...' Ze drukte drie keer kort op de bel en duwde tegen het raampje.
Het bleef even stil. Toen werd de deur van de voorkamer geopend en hoorde hij zijn schoonmoeder de gang opkomen. Ze opende het raampje en keek hen aan. 'Zijn jullie daar?' zei ze verrast. 'Wat een feest!' Het slot klikte en de deur week terug.
'Ik dacht dat u in bed zou liggen,' zei Nicolien. Ze gaf haar een zoen.
'In bed? Welnee, kind. Ik lig overdag toch niet in bed?'
Hij gaf haar op zijn beurt een zoen.
'Maar u was toch ziek?'
'Ziek? Daar weet ik niks van.'
'En u belt net nog op dat u ziek bent en dat u daarom niet kunt komen!'
'Wil je wel geloven dat ik me daar niets van herinner?'
Hij had intussen zijn jas opgehangen, bracht de tas naar de keuken en volgde hen de kamer in.
'Dus u bent niet ziek?' hoorde hij Nicolien zeggen.
'Nee hoor. Gelukkig niet.'

'En ook niet draaierig?'
'Ja, een beetje draaierig ben ik wel.' De krant lag opengeslagen voor haar op de kleine tafel met haar bril er bovenop.
'Nou, ziet u wel. Dan bent u dus ziek!'
'O ja?' – ze moest erom lachen. 'Nou, als jij het zegt...'
Hij zette zich in de stoel van zijn schoonvader en keek van de een naar de ander.
'Dan hebt u zeker nog geen koffie gezet?' vroeg Nicolien.
'Nee, ik dacht, ik wacht maar even op jullie.'
'Dan zal ik maar even koffiezetten. Of hebt u geen trek in koffie?'
'O jawel, hoor.' Ze zette haar handen op de leuningen van haar stoel. 'Zal ik je dan niet even helpen?'
'Nee, blijft u nou maar zitten. U bent ziek.' Ze ging de kamer uit.
Haar moeder zakte weer terug. Ze keek naar hem. 'Dag Jansen.'
'Dag Pietersen,' antwoordde hij.
'Hoe gaat het met je vader?'
'Goed.'
'Gelukkig.'
'En hoe gaat het met u?'
'Goed hoor. Z'n gangetje.'
Hij knikte. 'Dan is het goed.'
Er was een stilte. In de keuken werd de koffie gemalen. Zijn schoonmoeder stond onzeker op, liep om hem heen en keek op de kalender, die bij de telefoon aan de muur hing.
'Wat zoekt u?' vroeg hij.
'Ik kijk wat voor dag het is.'
'Dat kunt u op de kalender niet zien.'
'O nee?'
'Behalve als u weet welke datum het is.'
'O ja.'
'Zondag,' hielp hij.
'O ja, zondag.' Ze ging weer zitten.
'Zondag 21 april.'

'Het is niet erg om oud te worden, als je harsens maar goed blijven.'
'Die blijven wel goed.'
Ze lachte een beetje. 'Je bent lief. Als je dat maar weet.'
Hij glimlachte verlegen. In de keuken begon de ketel te fluiten. Het fluiten zakte meteen weer terug. Enkele tellen later werd de ketel teruggezet op het gasstel. 'De koffie komt eraan,' zei hij.
Ze wilde opstaan. 'Zal ik dan maar niet even gaan helpen?'
'Nee, blijft u nou maar zitten. Hij komt wel.'
Ze zakte weer terug. Er was een stilte.
'Hebt u misschien iets gegeten dat u telkens naar de w.c. moet?' vroeg Nicolien, met het blad de kamer inkomend.
'Ik zou het niet weten.'
'Wat hebt u dan gegeten?' Ze deelde de kopjes rond, met de drie gembergebakjes die ze van huis had meegenomen, en ging zitten.
Haar moeder schudde haar hoofd. 'Ik zou het niet weten.'
'U weet toch wel wat u gegeten hebt?'
'Ik kan het me niet herinneren.'
'U weet toch wel of u eten hebt gemaakt?'
Haar moeder dacht na. 'Ik geloof dat ik bij Willy en Bertha gegeten heb.'
'O, u hebt bij Willy en Bertha gegeten?'
'Maar ik weet het niet zeker.'
'Weet u dan ook niet of u gisterenavond t.v. hebt gekeken?'
'Ja, t.v. heb ik wel gekeken.'
'Dan hebt u bij Willy en Bertha gegeten. Dan zal het dus wel niet aan het eten liggen.'
Hij stak een stuk van zijn gembergebakje in zijn mond. 'Lekker!' zei hij.
'Ja, ik dacht, dat zullen jullie wel lekker vinden, gembergebakjes,' zei zijn schoonmoeder.
Ze reageerden daar niet op.
'Hebt u uw stembiljet al gekregen?' vroeg hij.
'Ik dacht van wel. Ik weet het niet. Moeten we dan stemmen?'

'Volgende week.'
'Op wie moet ik dan stemmen?'
'Nummer 1 van lijst 1.'
'Is dat weer diezelfde man? Hoe heet hij ook weer?'
'Den Uyl.'
'O ja. De Uyl.'
'Maar dit keer is het niet De Uyl, want die is voor het land en deze verkiezingen zijn voor de gemeente. Het is een vriend van De Uyl.'
'O ja. En stemmen jullie daar dan ook op?'
'Ja.'
'Nee, wij stemmen op nummer 2 van lijst 6,' corrigeerde Nicolien.
'Om het niet te ingewikkeld te maken,' verduidelijkte hij, haar aankijkend.
'En waarom stem ik daar dan niet op?' vroeg haar moeder.
'Dat kan hier niet,' zei Nicolien.
'Die willen de auto's uit Amsterdam,' legde hij uit.
Zijn schoonmoeder keek hem verbijsterd aan. 'Willen die de joden uit Amsterdam?' vroeg ze gedempt.
'Nee, de auto's!' zei Nicolien geprikkeld.
'O, de auto's. Daar wil ik dan ook wel op stemmen.'
'Nee, dat kan hier niet, want u stemt in Den Haag,' zei hij.
'O ja.'
'Zullen we het tweede kopje ook maar nemen?' stelde Nicolien voor.
Haar moeder richtte zich op. 'Zal ik je dan niet even helpen?'
'Nee, blijft u nu maar even zitten.' Ze zette de kopjes op het blad en ging er de kamer mee uit.
'Laat de violen maar zorgen,' merkte zijn schoonmoeder op.
Hij stond op.
'Wat ga je doen?'
'Kijken of ik uw stemkaart kan vinden.' Hij keek opzij van de schoorsteenmantel, trof daar een rechtopstaand stapeltje brieven en kaarten, nam ze mee naar zijn stoel en keek ze door. Het waren brieven en briefkaarten van Nicolien, kaarten en an-

sichtkaarten van tante Katrien, Fransje, tante Han, een overlijdensbericht, een aantal ongeopende rekeningen, een kaart met telefoonnummers, een enveloppe van de Dienst Bescherming Bevolking, een wijkgids... maar geen stemkaart. 'Wat ben jij aan het doen?' vroeg Nicolien, de kamer binnenkomend.
'Ik zoek de stemkaart.' Hij haalde zijn mesje uit zijn zak en sneed een van de enveloppes open. 'Betaalt u uw rekeningen nog wel?' vroeg hij.
'Ik geloof het wel.'
'Heeft moeder haar rekeningen niet betaald?' vroeg Nicolien verontrust.
'Deze in ieder geval niet.' Hij keek naar zijn schoonmoeder. 'En de huur? Hebt u die wel betaald?'
'Ja hoor. Die betaal ik altijd.'
'Moeder betaalt hem altijd met een postwissel,' zei Nicolien.
'Waar bewaart u de strookjes dan?' vroeg hij aan zijn schoonmoeder.
'Ik dacht in het buffet. Ja, in het buffet.'
Hij legde de stapel op de leuning van zijn stoel.
'Drink nou eerst maar je koffie op,' zei Nicolien.
Hij liet zich weer terugzakken. 'Ik zal het straks wel even uitzoeken,' zei hij tegen zijn schoonmoeder.
'O, dank je wel,' zei ze. 'Ja, ik weet het niet allemaal zo meer. Ik ben al oud.'

Hij zat aan de eettafel in de achterkamer met alle paperassen die hij had kunnen vinden op stapeltjes om zich heen. 'Kom je eruit?' vroeg Nicolien, van de gang de kamer inkomend. 'Het is hier koud. Heb je het niet te koud?'
'Nee, ik heb het niet te koud. Sinds ze uit het oogziekenhuis is, heeft ze niets meer betaald.'
'Ik wou nu maar een boterham gaan eten.'
'Moet je kijken.' Hij gaf haar een afgescheurd stuk papier waarop zijn schoonmoeder met ongeoefende hand *stuk Kaas voor Maarten* had geschreven.
'Dus ze denkt er nog wel om!'

'Maar ze neemt het niet meer mee. Ik heb de stemkaart ook gevonden.'
Ze draaide zich om naar de schoorsteenmantel. 'Zou ze haar oogdruppeltjes dan nog wel nemen?' Ze pakte het flesje en hield het tegen het licht. 'Ja, dat wel, geloof ik.'
'In ieder geval zullen wij in het vervolg de rekeningen maar betalen.' Hij stond op, bedacht zich, deed de radio aan en keek op de schaal.
'Maar kom je dan nu eerst eten?' Ze opende de kastdeur, pakte de schaal met kaas en opende de broodtrommel. 'Moeder heeft wel brood gehaald,' zei ze verbaasd.
Uit de luidspreker kwam slissend muziek. Hij stelde hem scherper, deed de radio weer uit en volgde haar naar de voorkamer.
Zijn schoonmoeder zat doelloos voor zich uit te kijken.
'U hebt nog wel brood,' zei Nicolien.
'Ja, dat heb ik van Willy gekregen.'
'Dus u hebt er niet gegeten?'
'Welnee, kind, hoe kom je erbij. Ik heb thuis gegeten.'
'Omdat u zei dat u daar naar de t.v. had gekeken.'
'Welnee. Ik heb bij mevrouw Baas naar de t.v. gekeken.'
'En wat hebt u hier dan gegeten?'
'Gewoon, een kliekje.'
'Dan hebt u daar natuurlijk diarree van gekregen.'
'Dat zal dan wel,' zei haar moeder berustend.

*

9 juni 1974
'Maar dat zei u vorige keer ook en toen had u niets,' hoorde hij haar zeggen. Hij ging de kamer in. Ze zat aan zijn bureau aan de telefoon, met haar rug naar hem toe. 'En wat gaat u nu dan doen?' Hij zette zich op de divan, afwachtend. 'Nou, doet u dat dan maar. En het beste dan maar. Als u nog ziek bent, dan kom ik morgen wel naar u toe. Ik bel nog wel. Dag. Het beste, hè? Dag.' Ze legde de hoorn neer en draaide

zich naar hem om. 'Nou zegt ze weer dat ze ziek is. Net als vóór onze vakantie.'
Hij knikte.
'Weer draaierig en telkens naar de w.c.'
'Merkwaardig.'
'Hoe moet dat nou?'
'Wou je er weer naartoe?'
'We zijn net thuis. Moeten we daar dan elke keer maar aan toegeven?'
'Nee,' zei hij vaag.
'Op die manier wordt het een gewoonte.'
'Dat moeten we niet hebben natuurlijk.'
'Ik wou eigenlijk maar even wachten en dan morgen maar gaan, als ze dan nog ziek is tenminste.'
'Dat is misschien het beste.'
'Zullen we dan maar wat gaan wandelen?'
'Goed.' Hij stond op.
'Maar niet naar buiten zeker?'
'In de stad maar. We hebben nou genoeg buiten gewandeld.'
'Zou ze soms niet meer durven?' vroeg ze zich af zodra ze buiten waren en de gracht afliepen.
'Niet onmogelijk,' vond hij. 'Daar heb ik nog niet aan gedacht.'
'Dat zou betekenen dat ik haar voortaan moet halen.'
'In ieder geval van het station.'
'Ja, dat in ieder geval.'
Ze liepen met een omweg naar het Spui en zaten een tijd lang op een bank bij het Athenaeum Nieuwscentrum, in de zon. Het was nog stil. Louis Lehmann kwam stram aanfietsen, zette zijn fiets tegen het raam van de boekwinkel en kocht een krant. Een andere man kocht ook een krant en ging die op een bank naast hen zitten lezen. Een jongen tekende het terras voor Hoppe, waar twee mensen zaten. Er liepen en koerden wat duiven.

Toen ze hun huis weer binnengingen, ging juist de telefoon. Hij rende erheen en nam op. 'Met Koning.'

'O, dag Maarten,' de stem van zijn schoonmoeder. 'Wat voor dag is het?'
'Zondag.'
'Is moeder daar?' vroeg Nicolien achter hem.
Hij knikte.
'Waarom ben ik dan niet bij jullie?'
'U bent toch ziek?'
'Ben ik ziek?'
'Geef mij haar maar,' zei Nicolien, haar hand uitstrekkend.
'Ik geef u Nicolien even.'
'Ja, graag.'
Nicolien nam de hoorn van hem over. 'Dag moeder. U hebt toch net opgebeld dat u ziek bent?' Hij liep van het bureau weg en ging op de divan zitten. 'Nou, dan kunt u toch hier nog naartoe komen? ... Ja, dat kunt u best. Dat doet u toch altijd? ... U gaat gewoon naar de bus, aan het eind van de Amandelstraat, weet u wel, bus 19, en dan naar het station. ... Nee, ik sta u aan het station op te wachten. Zullen we het zo doen? ... Gewoon, wat u altijd meeneemt, uw nachtpon en uw portemonnaie, en uw oogdruppeltjes natuurlijk. Vergeet vooral uw oogdruppeltjes niet! Zult u daarom denken? ... En wanneer gaat u dan de deur uit? ... Goed. Dan sta ik dus aan het station! ... Nee, in Amsterdam natuurlijk! Ja, bij de uitgang! ... Ja, ik sta aan het station! ... Dag. Tot zo.' Ze legde de hoorn neer. 'Ze weet helemaal niets meer,' zei ze verontrust. 'Ik heb de indruk dat ze volledig in paniek is.'
'Ja,' zei hij.

Hij hoorde ze het bordes opkomen. De buitendeur viel dicht. In de benedengang klonken hun stemmen. Hij stond op en liep hen tegemoet, opende de voordeur en wachtte. Heel langzaam kwamen ze om de bocht van de trap, zijn schoonmoeder diep voorovergebogen, haar hand aan de leuning, Nicolien met haar tas aan de andere kant.
'Het is nog een hele klim, hè?' zei zijn schoonmoeder licht hijgend.

'Dat is het bij u thuis toch ook?' zei Nicolien.
'Ja, maar het is net of het hier steiler is.'
'Dat is het toch niet, hoor. Er zit alleen een bocht in. Misschien is dat het.'
'Ja, misschien is het dat wel.'
Ze stapte met inspanning het portaaltje op.
'Dag moeder,' zei hij.
'O, dag Maarten. Ben je niet naar je werk?'
'Het is toch zondag?'
'O ja, het is zondag.'
Hij gaf haar een zoen en liet hen langs zich naar binnen gaan.
'Geef mij uw jas maar,' zei Nicolien, haar jas aanpakkend. 'Kijk eens, daar zijn Marietje en Jonas ook, die komen u begroeten. Ze horen uw stem.'
Zijn schoonmoeder keek om. Marietje liep voorop, Jonas kwam langzaam achter haar aan. 'Zijn jullie daar?' zei ze verrukt, zich vooroverbuigend. 'Zijn jullie daar? Kom dan! Kom dan eens bij je moeder? Ik ben zo alleen!' Ze aaide Marietje. 'Ja, zegt hij tegen zijn moe! Nee, zegt hij tegen zijn moe!' Ze strekte haar hand uit naar Jonas. 'En jij ook natuurlijk! Jij ook natuurlijk! Ik mag jou toch niet vergeten? Lekkere dibbes van me!' Jonas liet zich omvallen, ze kroelde hem op zijn buik. 'O, wat is hij lief. Wat is hij lief!'
'En nou maar naar de kamer,' zei Nicolien.
Haar moeder richtte zich op. 'O ja. Waar is die ook weer?'
'U weet toch wel waar de kamer is?'
'Ja, natuurlijk weet ik dat.'
Onzeker liep ze de gang door, Nicolien met haar tas achter haar, daarachter Maarten. 'Wat groot is het hier, hè?' zei ze, de kamer binnengaand. Ze bleef staan, haar ogen dichtknijpend tegen het licht. 'Waar zal ik nou gaan zitten?'
'Waar u altijd zit toch?' zei Nicolien geïrriteerd.
'O ja.' Ze keek om zich heen. 'Waar is mijn tas? Ik heb wat voor Maarten.'
'Hier,' zei Nicolien, de tas op tafel zettend.
Zijn schoonmoeder trok de rits open en haalde er een in bruin

papier gewikkeld pakje uit. 'Je weet zeker al wel wat het is,' zei ze, hem het pakje overhandigend. 'Ik dacht, dat zul je wel lekker vinden.'
Terwijl ze gingen zitten, maakte hij het open. 'Een stuk zeep,' zei hij verrast.
'Een stuk zeep?' zei zijn schoonmoeder verbaasd. 'Nee toch. Ik dacht dat het kaas was.'
Hij lachte. 'Het is toch heus zeep.' Hij rook eraan. 'Geen twijfel mogelijk.'
Ze moest er zelf ook om lachen. 'Het is toch wat als je zo'n gekke moeder hebt,' zei ze. 'Je zal er maar mee zitten.'

*

14 juli 1974
'Ik ben van de week met Willy naar het Westbroekpark geweest, naar de rozen,' zei zijn schoonmoeder toen ze zich op zondagochtend klaarmaakten om te gaan wandelen. 'Kunnen we daar niet eens naartoe gaan?'
Nicolien keek naar hem. 'Dat kan wel, hè?'
'Goed idee,' vond hij.
'Dan kun je meteen eens zien waar we toen gewoond hebben. Weet u nog wel, moeder, dat we boven de theeschenkerij woonden?'
'Ja, dat weet ik nog best,' zei haar moeder. 'Wat een stel was dat.'
'Was die ook van oom Jef?' vroeg hij.
'Ja, maar voordat hij het Badhotel gekocht had.'
'Waarom was dat ook weer?' vroeg Nicolien aan haar moeder.
'Omdat we toen geen huis konden krijgen,' zei haar moeder. 'En toen zei Jef: Kom dan maar hier wonen. Maar ik vond het wel akelig, want 's avonds was ik helemaal alleen met jou en met oma. En als het dan donker was, dan vond ik het maar griezelig in dat donkere park.'
'Vader had toen een avondschool,' begreep hij.
'Ja, in Dordrecht, geloof ik. Of Leerdam. Ja, Leerdam. Ik weet het niet zo precies meer.'

'Ik vond het wel leuk,' zei Nicolien.
'Ja, maar jij was nog klein,' zei haar moeder.
'Hoe oud was je toen?' vroeg hij.
'Ik geloof zes, hè moeder? Ik ging al naar school.'
'Ja, jij was nog klein. Maar ik was altijd bang dat er 's nachts mannen in het park zouden komen.'
'Was er dan geen telefoon?' vroeg hij.
'Dat had je toen nog niet.'
'Ze hebben toch nog een keer geprobeerd in te breken?' herinnerde Nicolien zich.
'Ja, toen morrelden ze aan de deur. En toen heb ik het raam opengedaan en geroepen: Wie is daar? Toen liepen ze weg.'
'Ja, dat is angstig,' gaf hij toe.
'We waren maar met twee vrouwen en een kind. Dan kun je niet zoveel doen, hè, als ze kwaad willen.'
'Nee, niets.'
'Ik was tenminste altijd maar wat blij als ik het lichtje van vaders fiets zag aankomen.'
Ze waren overgestoken naar de Sinaasappelstraat, op weg naar de halte van lijn 14. De straten waren nat. Het was drukkend, onder een grijze lucht.
'Maar dat park was 's avonds toch zeker dicht?'
'Ja, daar was een hek en dat ging 's avonds dicht, maar daar klommen die mannen gewoon overheen als ze kwaad wilden.'
'En hoe kwam vader er dan in?'
'Vader had een sleutel.'
'Hij heeft toch ook nog een keer over het hek moeten klimmen, omdat hij de sleutel vergeten was?' zei Nicolien.
'Nee, dat kan ik me niet meer herinneren. Maar het kan best, want wat we daar niet allemaal hebben meegemaakt!'
'En toen zijn jullie naar de Pansierstraat verhuisd,' herinnerde hij zich.
'Bij mevrouw Kuiper,' zei Nicolien.
'Die kwam uit Zeeland,' vulde haar moeder aan. 'Die maakte nog van die lekkere boterkoeken. Weet je nog van die boterkoeken?'

Ze stonden bij de bushalte. Terwijl ze op de bus wachtten, begon het aarzelend te regenen, maar te weinig om terug te gaan. De bus was nagenoeg leeg. Nicolien en haar moeder zetten zich naast elkaar, hij ging aan de andere kant van het pad zitten. Ze reden de Mient af, over de Valkenboslaan en de Groot Hertoginnelaan, en vervolgens door het Statenkwartier. Het was nog stil op straat. De bomen langs de lanen waren donkergroen en zwaar van de regen, langs de stoepen lagen grote plassen. Toen ze bij de hoek van de Nieuwe Duinweg uitstapten, was het droog. Ze liepen de weg een eindje terug tot de Kapelweg, schuin tegenover de HBS Nieuwe Duinweg, waartegen hij nog met zijn school gehandbald had, 5-2 verloren als hij zich goed herinnerde. Iedere stap in Den Haag was geladen met melancholie.
'We gaan zeker eerst naar het rosarium en dan koffiedrinken, hè?' stelde Nicolien voor.
'Ik vind alles goed,' antwoordde hij.
'Net Sint Nicolaas,' zei zijn schoonmoeder.
'U geeft lik op stuk.'
'Ja, ik ben niet zo dom als je misschien zou denken.'
'Je moeder heeft ze vanochtend behoorlijk op een rijtje,' zei hij tegen Nicolien.
'Ik moet een beetje om je lachen,' zei zijn schoonmoeder.
Hij lachte geamuseerd.
Ze gingen na het hek rechtsaf het rosarium in. Tussen de perken wandelden wat mensen, maar minder dan hij had verwacht. De rozen, waarvoor ze gekomen waren, boden een treurige aanblik. De slagregens van de vorige dag hadden ze tegen de grond geslagen. Van de bloemen was weinig meer over, de bladeren hingen er verschrompeld en bruin bij.
'Er is niet veel van over, hè?' constateerde Nicolien.
'Zo kun je het wel stellen,' bevestigde hij.
'En van de week met Willy waren ze nog zo mooi,' zei zijn schoonmoeder. 'Wat eigenaardig.'
'U zegt het en ik denk het,' antwoordde hij.
Het begon te regenen.

'Zullen we dan maar niet liever gaan koffiedrinken,' stelde Nicolien voor, 'want zo is er niet veel aan.'
Ze vonden een plaats onder de luifel.
'Met Willy heb ik hier een heerlijk ijsje gegeten,' herinnerde haar moeder zich.
'Maar nu drinken we koffie,' besliste Nicolien. 'Met een gebakje, hè, Maarten?'
'Kan Bruin dat wel trekken?' vroeg haar moeder.
'Vandaag kan Bruin alles,' antwoordde hij.
De ober kwam opnemen.
'Drie koffie. En hebt u ook gebak?' vroeg Nicolien.
'Cake, appelgebak, aardbeiengebak en mokkapunt,' antwoordde de man.
'Wat wilt u moeder?'
'Ik wil wel een morekop.'
'Morekoppen hebben we niet,' zei de man.
'Dan toch maar een ijsje.'
'Nee, u moet nu een gebakje kiezen.'
'Wat zijn er dan voor gebakjes?'
'Geeft u maar drie aardbeiengebakjes,' zei Nicolien.
'Drie koffie en drie aardbeiengebakjes,' herhaalde de man.
'Dat was toch wel goed, hè?' zei ze tegen Maarten toen de man verdwenen was.
'Wat krijg ik nu?' vroeg haar moeder.
'Een aardbeiengebakje,' zei Nicolien. 'Dat vindt u toch wel lekker?'
'Nou en of! Ik ben dol op aardbeiengebakjes.'
'Dat dacht ik toch ook.'
Ze zwegen. Om hen heen waren intussen meer tafeltjes bezet. Het gedempte praten van de mensen mengde zich met het geluid van de gestaag neervallende regen.
'Zo'n regenbuitje is wel goed voor de bloemen,' merkte zijn schoonmoeder op. 'Ze stonden er mooi fris bij.'
'Nou,' zei hij. 'In dit geval toch niet.'
'En ze waren helemaal verregend!' zei Nicolien. 'Er was nou juist helemaal niks meer van over!'

'Ja, daarom,' zei haar moeder vaag.
'U staat ook nergens voor, hè?' zei hij lachend. 'U krijgen ze niet kapot.'
'Dag akeligheid,' antwoordde ze.
'Dag ook zoiets,' speelde hij terug.

Terwijl zijn schoonmoeder en Nicolien bezig waren met het eten, stond hij op het balkon. De regen was weggetrokken, de hemel opgeklaard. De deur naar de keuken, achter hem, stond op de haak. Hij hoorde hun stemmen, maar hij deed geen moeite het gesprek te volgen. Beneden hem was het plaatsje van de bakker en het schuurtje waar hij zijn meel bewaarde. Daarachter lag de grijs gestuukte, blinde muur van het eerste van de huizen in de Mandarijnstraat. De straat was verlaten. Vanwaar hij stond kon hij aan de overkant van de straat, achter het kleine met grind bedekte voortuintje, door een kier in de gordijnen, mevrouw Baas zien zitten. Ze zat in de late zon, met haar rug naar het raam, de krant te lezen. Hij wendde zich af, opende de klep van het kolenhok, waarin zijn schoonmoeder boven op de met een stuk plastic afgedekte kolen haar eetwaren bewaarde, deed de klep weer naar beneden, opende het vliegenkastje erboven en inspecteerde de inhoud. Tot zijn verrassing vond hij tussen de potten en schaaltjes een snoer parels. Hij opende de keukendeur wat verder. 'Kijk nou eens wat ik gevonden heb,' zei hij, het snoer omhooghoudend. Ze draaiden zich naar hem om.
'Niet binnenbrengen, hoor!' waarschuwde zijn schoonmoeder.
'Waarom niet?'
'Dat brengt ongeluk.'
'Ongeluk? Daar heb ik nog nooit van gehoord.'
'Parels in huis brengen ongeluk.'
Hij keek naar het snoer. 'Maar dit zijn toch geen echte parels?'
'Dat doet er niet toe. Je weet maar nooit.'
'Wist jij dat, dat die ongeluk brengen?' vroeg Nicolien.
'Nooit van gehoord.'

'Ik weet ook niet of het waar is,' zei zijn schoonmoeder.
'Maar u neemt het zekere voor het onzekere,' begreep hij.
'Ja, spot er maar mee.'
'Maar hoe hebt u ze dan in het vliegenkastje gekregen? U bent toch niet buitenom geklommen, hoop ik?' Hij moest lachen bij de gedachte.
'Ach plaag. Laat naar je kijken.'
'Maar dan wel voor uw rekening,' antwoordde hij. Hij duwde de deur weer dicht en legde de parels waar ze hoorden.

⋆

19 augustus 1974
Toen hij op weg naar huis de krant kocht, werd hij op zijn schouder getikt. 'Hé, André,' zei hij verheugd. Ze liepen samen in de richting van het station. Hij vroeg hoe het met hem ging, over de moeilijkheden met zijn studenten, over zijn werk, zonder hem de gelegenheid te geven op zijn beurt iets te vragen. Bij het stoplicht op de hoek van de Raadhuisstraat wilde André door rood lopen. Hij hield hem tegen. 'Anders maken ze ons dood,' waarschuwde hij. Op hetzelfde ogenblik kwam de horde van overwegend rode auto's in beweging. Van die gelegenheid maakte André gebruik om naar zijn gezin te vragen, kennelijk in de veronderstelling dat Maarten kinderen had. Op de hoek van de Lijnbaanssteeg drukten ze elkaar de hand. Hij liep alleen naar huis.

Nicolien en haar moeder zaten in de kamer, Nicolien met een glas jenever, haar moeder met een advocaatje. Hij schonk zichzelf een borrel in en nam in gedachten een slok. De laatste keer dat hij André ontmoet had, zestien jaar geleden, was het net zo gegaan. Hij was toen in de Bibliotheek, bij de Uitlening, en André had hem op zijn schouder getikt.
'Wat ben je stil,' zei Nicolien. 'Vraag je niets?' Het klonk geïrriteerd, de irritatie die er altijd was als ze de hele dag met haar moeder had opgetrokken.

Hij keek op. 'Wat hebben jullie vanmiddag gedaan?' vroeg hij afwezig.
'Bij Lido op het terras gezeten.'
'En hoe was dat.'
'Dat was wel leuk, hè moeder?'
'Ja, het was weer eens wat anders, hè?' zei haar moeder.
'En heen en terug gelopen,' veronderstelde hij.
'Nee, met de tram natuurlijk!' zei Nicolien geïrriteerd.
'En een lekker ijsje gegeten,' herinnerde zijn schoonmoeder zich.
Hij knikte.
Nicolien stond op om naar de keuken te gaan.
'Moet ik je niet helpen?' vroeg haar moeder, zich oprichtend.
'Nee, ik roep u wel.'
Hij begreep dat ze blij was een ogenblik alleen te zijn. Er viel een stilte.
'Ja, zo lopen de gootjes,' merkte zijn schoonmoeder op.
Hij rekende uit hoe lang het geleden was dat hij met André door Amsterdam had gelopen en op zijn kamer over de mensheid had gepraat. Dat was in het eerste jaar van zijn studietijd, toen hij nog economie studeerde. Negenentwintig jaar dus. God zal je bewaren. Wat hem triest maakte, was het gevoel opgesloten te zijn. Een hoogleraar en een wetenschappelijk hoofdambtenaar. Hij zag die twee jongetjes vanuit een enorme ruimte een trechter inlopen. En als je elkaar dan jaren later ontmoette, ieder in zijn eigen trechter, merkte je hoe onbereikbaar je voor elkaar geworden was. Treurige gedachten, die nog ondersteund werden door de uitnodiging voor het congres in Hongarije die die dag was binnengekomen, waarin hij zijn eigen naam tussen al die andere namen had aangetroffen, terwijl die daar niets te zoeken had.
'Je mag niet piekeren,' waarschuwde zijn schoonmoeder.
Hij keek haar langzaam aan en glimlachte. 'Waarom eigenlijk niet?'
'Dat is niet goed voor een mens.'
'Piekert u nooit?' Hij schonk zichzelf een tweede borrel in.

'Jawel.'
'Nou, ziet u dan wel.'
'Maar ik ben al oud.'
'Daarom.'
'Heb je nu niet eens een plaat voor moeder opgezet?' vroeg Nicolien, de kamer inkomend.
'Ik ben er nog niet aan toegekomen,' verontschuldigde hij zich. Hij stond op, hurkte voor de kast met grammofoonplaten, koos na enig zoeken een plaat met zes trompetconcerten, gespeeld door Maurice André, legde haar op de draaitafel, zette de naald in de groef en ging weer zitten. André zette voluit een sonate van Tessarini in.
'Die toch niet!' zei Nicolien verontwaardigd.
'Waarom niet?'
'Je weet toch dat moeder daar niet van houdt? Dat is toch veel te hard?'
'Waar houdt moeder dan wel van?'
'Van Schubert of Chopin natuurlijk! Het lijkt wel of je er helemaal niet bij bent! Wat is er toch?'
'Schubert of Chopin,' herhaalde hij, opstaand. Hij verving de plaat van André door de impromptu's van Schubert en ging weer zitten. 'Beerta gaat voor zijn 75ste verjaardag een groot feest houden,' vertelde hij terwijl Ingrid Haebler inzette. Hij keek naar zijn schoonmoeder. 'Mijn vroegere baas gaat als hij 75 wordt een feest houden voor honderdvijftig mensen, in een zaaltje.'
'Ach, die man is niet goed bij zijn hoofd geworden,' zei ze.
Hij glimlachte. 'Ik zal het hem zeggen.'
'En moeten wij daar dan ook naartoe?' vroeg Nicolien ontzet.
'Ik ben bang van wel.'
'Ik denk er niet over.'
'Ik geloof dat hij er zelf niets in ziet. Het is een idee van Karel.'
'Ja, natuurlijk.' Ze stond opnieuw op en ging de kamer uit.
'Ze zeggen dat de zee steeds hoger wordt. En dat hij dan heel Schevening zal overspoelen,' zei zijn schoonmoeder.
'Wie zeggen dat?'

'De meisjes.'
'Willy en Bertha,' begreep hij.
'Dat zal toch wel niet?'
'Dat zeggen ze natuurlijk omdat ze een eigen huis hebben.'
'Ja, dat zal wel.'
'Wij zullen het in ieder geval niet meer meemaken.'
'Nee, dat dacht ik toch ook.'
Ze zwegen. De muziek van Schubert vulde de ruimte.
'Ik vind het trouwens maar een snertzeetje tegenwoordig,' zei zijn schoonmoeder. 'Vroeger was hij veel woester.'

*

9 november 1974
Bij de post was een briefkaart van tante Katrien. *Geachte familie. Om reden ik maandag voor mijn voeten naar de dokter moet, kan ik uw moeder en Han niet ontvangen. Ik kan wel de volgende maandag. Achtend, uw Katrien Olieslager.*
'Ze denkt natuurlijk dat moeder het weekend bij ons is,' zei Nicolien.
'Dat zal wel.'
'Wat moeten we nu?'
'Opbellen?'
'Maar hoe breng je haar dat aan haar verstand?'
'Dat zal niet eenvoudig zijn.'
'Want als tante Han haar maandag komt halen, dan is ze het natuurlijk allang weer vergeten.'
'Dan moet je tante Han opbellen.'
'Denk je dat die het wel begrijpt? Die is ook zo helder niet meer.'
Hij lachte. 'Als je daarover nadenkt, is het toch eigenlijk meesterlijk.'
'Zo grappig vind ik het niet.'
Hij zweeg.
'Laat ik eerst moeder maar bellen,' besliste ze. 'Dan kunnen we altijd nog zien.'

Terwijl hij op de divan ging zitten, draaide ze het nummer van haar moeder. Het duurde even voor er werd opgenomen.
'Misschien is ze al naar Willy en Bertha?' opperde hij.
'Dat is tegenwoordig toch pas op zaterdagmiddag? Ze wilden haar toch niet meer zo lang hebben?' Ze wendde zich af. 'Ja moeder, met mij. Dag. ... Ja, ik bel u hierom, u zou toch maandag met tante Han naar tante Katrien gaan? ... Weet u dat niet? ... Maar dat had u toch afgesproken? ... Ja hoor, dat had u afgesproken. U zou maandag naar tante Katrien gaan. ... Ja, die zou u halen. Dus u weet het wel! ... Nee, om naar tante Katrien te gaan. ... Weet u het nou weer? ... Ja, tante Han zou bij u komen en dan zou u samen naar tante Katrien gaan. ... Ja, dat hebt u natuurlijk vergeten. Maar dat hindert niet, want het gaat niet door. ... Nee, het gaat niet door, want tante Katrien moet naar de dokter, voor haar voeten. ... Ja, die schijnt iets aan haar voeten te hebben. ... Nee, tante Katrien! Tante Han niet! Tante Han zou u komen halen. ... Ja, tante Katrien heeft wat aan haar voeten en nu kan ze u niet ontvangen. ... Heeft ze dat geschreven? ... Wat schrijft ze dan? ... Ja, zoekt u maar even.' Ze draaide zich naar hem om. 'Nu zegt ze dat tante Katrien haar geschreven heeft dat ze helemaal geen bezoek meer wil hebben.' Ze wendde zich weer af. 'Kunt u het niet vinden? ... Nee, ziet u nou wel. Dat hebt u gedroomd. Dat denkt u maar. Anders had tante Katrien u toch niet uitgenodigd? ... Ja, maandag. Maar nu gaat dat niet door. ... Nee, dat gaat niet door omdat tante Katrien iets aan haar voeten heeft en daarvoor moet ze naar de dokter, en daarom vraagt ze of u de volgende week maandag komt. ... Nee, niet deze maandag, maar de maandag daarop. ... Ja, omdat ze iets aan haar voeten heeft. ... Gaat u dan eerst maar naar Willy en Bertha. ... Ja, ik bel nog wel. Dag. ... Dag.' Ze legde de hoorn neer. 'Ze begrijpt er niets meer van,' zei ze wanhopig.
'Misschien kun je toch beter tante Han bellen?'
'Hebben we daar dan het telefoonnummer van?'
'Dat zal toch wel in het mapje zitten?'
Ze haalde het mapje uit het bureau. 'Zie je wel dat ik niet had

moeten opbellen. Dat had je moeten weten! Dat weten we toch al zo lang?'
Hij reageerde daar niet op.
'Hier heb ik het.' Ze nam de hoorn van de haak en draaide het nummer. Dit keer werd meteen opgenomen. 'Ja, Cardi, met Nicolien. Is je schoonmoeder daar ook? ... Is ze er niet? ... Wanneer komt ze dan terug? ... Vanavond? Dan bel ik vanavond wel weer. Gaat het goed met jullie? ... Mooi. Tot vanavond dus. Dag.' Ze legde de hoorn weer neer. 'Nou moet ik vanavond terugbellen,' zei ze ontstemd.
'Dat hindert toch niet? Als je haar voor maandag maar te pakken krijgt.'
'Maar ik heb helemaal geen zin om haar nog eens op te bellen.'
'Dan bel je niet.'
'En ik heb het beloofd!'
'Dat zegt toch niets? De meeste mensen rekenen er niet eens op als je zoiets belooft.'
'Zulke mensen ken ik niet.'
'Maar je weet toch ook wel dat er een hoop mensen zijn die niet opbellen als ze zeggen dat ze zullen opbellen?'
'Wie dan?'
Hij dacht even na. 'Dat weet ik zo gauw niet.'
'Ik ken in ieder geval alleen maar mensen die doen wat ze beloven!'
Hij reageerde daar niet op.
'Wat moeten we toch met moeder beginnen?' zei ze radeloos.

*

29 december 1974
Het was koud met een snijdende noordoostenwind. Zo vroeg waren er nog maar weinig mensen op straat. Toen ze op het station toeliepen, kwam zijn schoonmoeder juist de klapdeuren door, hulpeloos zoekend, haar gezicht dwaas opzij geheven, alsof ze hen daar half in de hoogte verwachtte.
'Dag moeder,' zei Nicolien, haar een zoen gevend.

'O, dag kind. Ben je daar? Ik dacht al.'
'Maarten is er ook.'
'O, dag Maarten. Ben jij er ook?'
Hij zoende haar op zijn beurt en nam de tas van haar over.
'Waarom hebt u nou die dunne jas aangedaan,' zei Nicolien bezorgd. 'Dat is toch veel te koud? Dat is uw zomerjas!'
'Ja, ik kon geen andere vinden.'
'Maar u hebt toch wel een vest aan zeker?' Ze keek tussen twee knopen naar wat haar moeder onder haar jas had.
'Ja, ik geloof het wel. Ja, een vest heb ik wel aan.'
'En dat dunne sjaaltje! U had toch een wollen das moeten omdoen?'
'Ja, kind. Ik weet het niet allemaal zo precies meer. Ouderdom komt met gebreken, moet je maar denken.'
Ze liepen langzaam terug naar huis. Terwijl Nicolien en haar moeder zich met elkaar onderhielden, probeerde hij zich aan te passen aan hun tempo. Hij moest zich inhouden om niet vooruit te lopen en weer terug te keren, cirkeltjes draaiend, en hij kon zich voorstellen hoe frustrerend het voor een hond moest zijn om met mensen te wandelen.
'Hè, hier is het lekker,' zei zijn schoonmoeder toen ze het huis binnenkwamen en de buitendeur achter hen dichtviel. 'Je kunt met dit weer toch maar het beste in je huisje zijn.' Ze pakte de leuning vast en klom langzaam de trap op, waarbij Nicolien haar aan de andere kant ondersteunde.
Hij volgde hen traag, telkens even stilstaand om hen een voorsprong te geven, wachtte op de laatste trede tot Nicolien de voordeur geopend had en ging achter hen naar binnen. Terwijl ze de katten uitvoerig begroette, ging hij de voordeur weer uit, bracht haar tas in het kleine kamertje en keerde in huis terug naar de voorkamer.
'Zo, nu ga ik even koffiezetten,' zei Nicolien zodra haar moeder zat.
'Zal ik je dan niet even helpen?' vroeg haar moeder.
'Nee, blijft u maar even zitten. Ik doe het wel alleen.'
'Dat is toch maar fijn, om door je kinderen verzorgd te worden,' merkte haar moeder op.

'Bent u moe van de reis?' vroeg hij.
'Nee hoor. Dat gaat best.'
Hij glimlachte. 'U bent van ijzer.'
'Nou, van ijzer niet. Dat zou een mens wel willen, maar zo is het nou ook weer niet.'
'Zou u echt van ijzer willen zijn?'
'Niks hoor.'
'Dan was u een robot.'
'Dat kunnen we maar beter niet.'
Er viel een stilte.
'Hoe gaat het met Willy en Bertha?' vroeg hij.
'Dank je. Je moet de groeten hebben.'
'Doet u de groeten terug.'
'Ik zal het doen.'
'En de vriend van Bertha?'
'Goed hoor. Daar hoor ik nooit meer iets over.'
'Niet zo goed dus.'
'Nee, misschien niet. Je weet het niet. Het is allemaal een beetje geheimzinnig.'
'Een beetje stiekem bedoelt u.'
'Dat weet ik niet. Ik zeg altijd maar: Gelukkig maar dat alle mensen niet hetzelfde zijn.'
'Daar hebben we het al meer over gehad, maar ik betwijfel dat.'
'Ach, plaag.'
Hij glimlachte.
'Waar is Niekewiek nou?'
'In de keuken.'
'Moet ik dan niet helpen?' Ze wilde opstaan.
'Nee, blijft u nou maar zitten. Ze komt zo.'
Ze liet zich weer zakken, waarbij de bekleding van haar stoel onder haar uitgleed zonder dat ze daar aandacht aan besteedde. Hij vroeg zich af waarom hem dat irriteerde, maar hij zei niets.
Nicolien kwam met de koffie en drie gebakjes de kamer in. 'Hier is de koffie.'
'Wat hebben we het weer goed,' zei haar moeder.

Ook dat irriteerde hem.
'We moeten vanavond naar Maartens vader,' zei Nicolien nadat ze de koffie en de gebakjes had rondgedeeld.
'Ga ik dan mee?' vroeg haar moeder.
'Nee, u blijft hier. Hij ligt in het ziekenhuis.'
'Ligt hij in het ziekenhuis?'
'Hij is ziek.'
'Toch niet ernstig?'
'Ja, heel ernstig.'
'Wat akelig voor hem.'
'Maar hij is er heel gelijkmoedig onder,' zei hij, om de mededeling wat af te zwakken.
'O, gelukkig maar.'
Ze aten hun gebakjes.
'Dus je vader ligt in het ziekenhuis.'
'Ja,' zei hij.
'En ben ik hier dan alleen?'
'Zo erg is dat toch niet?' zei Nicolien. 'U kunt toch wel even alleen zijn?'
'Jawel, maar het is hier een beetje groot, hè?'
'Maar we zijn toch ook zo weer terug?'
'Ja, dat gelukkig wel. Ik zou me geen raad weten.'
Ze zwegen.
'Ziet u niets aan mijn tand?' vroeg Nicolien. Ze boog zich naar haar moeder over en duwde haar bovenlip op.
'Is er iets met je tand?'
'Die is er uit. Dit is een nieuwe.'
'Heb je dan zo'n slecht gebit?'
'Dat wist u toch wel? Ik heb een ontzettend slecht gebit!'
'Eigenaardig, hè? Terwijl vader en ik altijd zulke goeie gebitten hadden.'
'Maar u hebt toch helemaal geen goed gebit?' Het klonk geïrriteerd. 'U had voor de oorlog al een kunstgebit!'
'Heb ik een kunstgebit?'
'Dat weet u toch wel? U haalt het toch iedere avond uit uw mond voordat u slapen gaat?'

Haar moeder lachte. 'Ja, nu je het zegt. Wil je wel geloven dat ik dat helemaal vergeten was.'

'Dus we zijn zo weer terug,' zei Nicolien, met haar jas aan de kamer inkomend.
Vanaf de gang zag hij zijn schoonmoeder uit haar stoel opstaan. 'En ik dan?' vroeg ze hulpeloos.
'Als u dorst krijgt, dan zet u maar een pot thee voor uzelf. Ik heb alles op het aanrecht gezet. U hoeft alleen maar water te koken.'
'O ja.' Ze kwam aarzelend naar Nicolien toe.
'U kunt toch wel blijven zitten?'
'Even goeiedag zeggen maar.' Ze gaf haar een onhandige zoen.
'We zijn zo weer terug,' herhaalde Nicolien.
'Ja, gelukkig maar.' Ze liep met hen mee naar de voordeur.
'U hoeft toch niet helemaal mee te gaan,' zei Nicolien geïrriteerd.
'Nee, maar ik doe het toch maar.'
Hij had de deur al geopend en ging het portaal op.
'Nou, dag. Tot zo,' zei Nicolien. Ze gaf haar moeder nog een zoen. 'Gaat u nou maar rustig wat zitten lezen.'
'Ja, kind. Dag Maarten.'
'Dag moeder.'
Ze keek hen na, de knop van de deur in haar hand, het licht uit de gang achter haar. 'Dag,' zei ze.
'Dag,' antwoordden ze allebei.
'Kom maar gauw weer terug.'
'Ja, we zijn gauw weer terug,' zei Nicolien in de bocht van de trap. 'Dag.'
'Dag.'
Toen ze uit het zicht waren en door de benedengang naar de buitendeur liepen, hoorde hij boven de voordeur heel zacht sluiten.
'Dat is toch verschrikkelijk,' zei Nicolien. 'Ze wordt steeds afhankelijker lijkt het wel.'
'Ik denk ook dat ze bang is in die grote kamer,' zei hij.

Het licht in de gang brandde nog toen ze weer terugkwamen. Het viel door de bovenramen en het matglas van de voordeur en verlichtte het trapportaal.
'Ze heeft het licht laten branden,' merkte hij op.
'Je houdt je hart vast,' zei ze.
Hij opende de voordeur.
'Hoe-oe, daar zijn we weer,' riep Nicolien.
De deur van de voorkamer stond wijdopen, maar er kwam geen antwoord.
'Ze zal er toch nog wel zijn,' zei ze ongerust, met haar jas aan doorlopend naar de kamer. 'Wat hebt u nou gedaan?' hoorde hij haar zeggen. 'Het is hier ijskoud. U had de deur toch niet open moeten laten?'
Hij volgde haar de kamer in. Zijn schoonmoeder zat verkleumd in haar stoel, een oude winterjas van Nicolien om zich heen. 'Zijn jullie daar?' vroeg ze wezenloos. De bekleding van haar stoel was nu helemaal weggegleden en lag voor haar op de grond. Hij zag dat en stelde vast dat het hem opnieuw irriteerde. Waarom in godsnaam? Omdat ze oud was, en afhankelijk? Ik ben slecht, dacht hij misnoegd.

★

31 december 1974
'Zullen we eerst nog een oliebol nemen en dan een spelletje *Mens erger je niet* spelen?' stelde Nicolien voor. 'Wilt u nog een oliebol, moeder?'
'Ja, ik wil wel een oliebol,' zei haar moeder.
'Of wilt u liever een appelflap?'
'Die wil ik ook wel.'
'Nee, een van beide.'
'Een appelflap dan maar.'
'Moeder een appelflap,' zei ze, een appelflap op het schoteltje van haar moeder leggend. 'En jij?'
'Geef mij ook maar een appelflap.'
'Als we niet oppassen zijn we zo door onze appelflappen heen.'

'Zullen we ook niet alvast een glaasje kruidenwijn nemen?' stelde hij voor.
Ze aarzelde. 'Zouden we daar niet liever even mee wachten?'
'Goed.'
'Haal jij dan het *Mens erger je niet*?'
'Ik haal het *Mens erger je niet*.' Hij verliet de kamer, deed het licht op in het hok, klom op een krukje en haalde de doos van de plank. 'Ik zal jullie alle hoeken van de kamer laten zien,' blufte hij, de kamer weer inkomend, 'zodat je je doodergert. Kan ik de wijn op het buffet zetten?'
'Die kan toch wel op de tafel blijven staan?'
'Kan ook.'
'Kan ik ook wat doen?' vroeg zijn schoonmoeder.
'Nee, u hoeft niets te doen,' zei Nicolien.
Hij schoof het komfoor met de pan kruidenwijn en de schalen met oliebollen en appelflappen naar de zijkant van de tafel, legde het speelbord neer en zette de doos met pionnen klaar, en keerde terug naar de zit om zijn appelflap te eten.

'Ieder neemt dus twee kleuren,' zei hij toen ze om de tafel zaten. 'Moeder blauw en zwart, jij rood en groen en ik geel en paars.'
'Welke kleuren heb ik?' vroeg zijn schoonmoeder.
'Blauw en zwart!' – hij wees ze aan.
'Blauw en zwart,' herhaalde ze.
'Eerst dus de pionnen in de hokken zetten.' Hij schudde de pionnen uit de doos op het bord en begon de gele ertussenuit te zoeken.
'Is deze blauw?' vroeg zijn schoonmoeder.
'Nee, die is zwart. Deze is blauw,' hij gaf haar een blauwe.
'O ja.'
Nicolien had het rode hok al vol en begon aan het groene. Terwijl hij het gele hok vulde, zag hij dat zijn schoonmoeder de blauwe pionnen in het eindstation zette. 'Nee, moeder. Daar moeten ze straks naartoe. Ze moeten hier,' waarschuwde hij, de blauwe overbrengend naar hun hok.

'Ja, ik dacht ook al.'
'U dacht ons te slim af te zijn.'
'Ja, ik dacht, laat ik ze daar maar zetten.'
'Ik ben klaar,' zei Nicolien.
'Een ogenblik,' zei hij. Hij vulde het paarse hok, zag zijn schoonmoeder knoeien en hielp haar ook het zwarte hok te vullen. 'Klaar!'
'Zal ik maar gooien?' zei Nicolien. Ze gooide de dobbelsteen van zich af over de tafel.
'Twee!' zei hij. 'Moeder, nou u!'
'Wat moet ik doen?'
'Met de dobbelsteen gooien!'
'O ja.' Ze pakte de dobbelsteen en gooide hem weg.
'Vijf! En nu ik,' hij reikte over het bord heen, haalde de dobbelsteen naar zich toe en wierp hem voor zich langs. 'Vier! Moeder moet beginnen!' Hij gaf haar de dobbelsteen.
'Moet ik beginnen?'
'U moet beginnen.'
'Maar ik heb toch al gegooid?'
'Ja, maar u moet nog eens gooien.'
Aan haar gezicht was te zien dat ze er niet veel van begreep, maar ze gooide de steen.
'Drie!' stelde hij vast. 'Nu moet u een van uw pionnen op het beginpunt zetten en dan drie vooruit.'
Ze keek naar het bord.
'Ik geloof dat moeder het niet helemaal begrijpt,' zei Nicolien.
'Jawel. Ze moet er alleen weer even inkomen. Ze heeft het het vorig jaar toch ook gespeeld?'
Zijn schoonmoeder strekte aarzelend haar hand uit naar een gele pion.
'Nee, die is van mij. Een zwarte of een blauwe!'
'Een zwarte of een blauwe,' herhaalde ze. Ze pakte een blauwe op en aarzelde opnieuw.
'En nu op het beginpunt zetten.'
Heel langzaam ging de hand naar het bord, ze weifelde, en zette de pion toen op het eerste rondje van het eindpunt. 'Hier dan maar?'

'Nee, hier,' corrigeerde hij, de pion verplaatsend.
'Ik geloof toch echt dat moeder te moe is,' zei Nicolien. 'Niet moeder? U bent een beetje moe.'
'Nee hoor, kind. Ik ben niet moe.'
'Vindt u het wel leuk?' vroeg hij.
'Ja hoor.'
'Dan moet u die pion nu drie vooruitzetten.'
Ze pakte de pion weer op en zette hem drie plaatsen verder, maar in de verkeerde richting.
'Kunnen we niet beter wat anders spelen?' vroeg Nicolien. 'Want ik geloof echt dat dit te moeilijk is voor moeder.'
Hij liet zich terugzakken tegen de leuning van zijn stoel. 'Ja, maar wat...' Hij keek naar zijn schoonmoeder, die er enigszins verslagen bij zat. 'Wat voor spelletjes speelde u nog meer vroeger?'
'Vroeger?' – alsof ze er niet helemaal bij was. 'Met Jef en Gertie speelden we vaak bridge.'
'Ja, dat was toen vader nog leefde. Maar ik bedoel toen u nog een kind was.'
'Toen ik nog een kind was? Halma.'
'Dat is net zoiets. Nog iets anders.'
'En ook wel kienen, geloof ik.'
'Dat zal toch wel bij vader thuis geweest zijn?' merkte Nicolien op. 'Toch niet bij u?'
'En domino.'
'Domino! Dat is geen gek idee.' Hij keek naar Nicolien. 'Maar misschien kunnen we eerst een oliebol eten met een glas kruidenwijn?'
'Dat is goed,' zei ze. 'Wilt u ook een oliebol, moeder?'
'Als ik jullie niet ontrief?'
Die opmerking werkte vervreemdend. 'U ontrieft ons toch niet?' zei Nicolien geraakt.
'Nee, maar dat zei mijn moeder altijd,' verontschuldigde haar moeder zich.

De rest van de avond speelden ze domino. Hij verloor geweldig. Hoewel hij merkte dat hij daar niet goed tegen kon, wist hij zich redelijk te beheersen. Eenmaal, toen zijn schoonmoeder een aansluiting over het hoofd zag die hem 19 punten kostte, werd het hem bijna te veel, maar gelukkig wist hij zijn betere gevoelens nog juist op tijd te mobiliseren. Tenslotte had zij door haar fout gewonnen, wat je met enige goede wil als tactiek kon zien, en als iets tactiek is en geen domheid, dan mag het. Om tien over half twaalf, toen ze als gevolg van de kruidenwijn geen van drieën meer in staat waren de ogen op de stenen nauwkeurig te tellen, beëindigden ze het laatste spelletje. Ze wachtten op de klok en de fluiten en wensten moeder een gelukkig nieuwjaar. Meteen daarop begonnen buiten de knallen. Jonas vluchtte onder de divan, Marietje volgde hem voor alle zekerheid. Hij schoof het raam open en keek naar buiten. Het was een zachte avond, tegen regen aan. Nicolien kwam naast hem staan. Links van hun huis werd tegen de voet van een boom een vuur gestookt, tot zijn ergernis. Op de brug brandde een groot, rood licht, waaruit geweldige knallen opspoten. Aan de overkant van de gracht, op de hoek van de Korsjespoortsteeg, werden vuurpijlen afgeschoten.

'Wat ziet je oog?' vroeg zijn schoonmoeder. Ze zat half afgewend in haar stoel, af en toe rood verlicht door het vuurwerk.

'Vuurwerk,' antwoordde hij. Het knetterde en knalde nu van alle kanten. Over de gracht hing een dichte zwaveldamp. Hij hoorde een hond huilen. Een eend viel als een steen uit de hemel en verdween achter een gevel aan de overkant. Dat maakte hem humeurig.

'Is dat dan niet akelig voor de beesten?' vroeg zijn schoonmoeder achter hem, alsof ze zijn gedachten raadde.

'Ja,' zei hij.

Een auto met zwaailicht kwam langzaam de gracht afrijden. Van alle kanten schoten mensen de zijstraten in.

'Politie!' waarschuwde hij.

'O, gelukkig.'

'Maar goed dat er politie is,' zei hij glimlachend, zich naar haar omdraaiend.

'Jij zegt het en ik denk het.'
'Ik heb nog een boterham met garnalen,' zei Nicolien, het raam dichtschuivend. 'Zullen we die nu eten?'

*

12 februari 1975
Hij nam de hoorn op. 'Met Koning.'
'Dag. Ik kan moeder niet aan de telefoon krijgen.' Er was een lichte paniek in haar stem. 'Ik probeer het al de hele ochtend, maar ze neemt niet op.'
'Misschien is ze toch naar Willy en Bertha?'
'Die heb ik ook al gebeld, maar die weten van niets.'
'Dat is gek.'
'Nu maak ik me natuurlijk ongerust.'
'Ja, natuurlijk.'
'Dus ik dacht, ik zal er maar even naartoe gaan. Dacht je niet?'
'Dat lijkt me het beste.'
'Net nu ik zo verkouden ben.'
'Ja, het is verdomd vervelend.'
'Nou, dan ga ik maar. Ik bel wel.'
'Goed. Het beste.' Hij legde de hoorn weer neer, nadenkend. Een ogenblik bleef hij zo voor zich uit kijken, toen boog hij zich weer over zijn werk.

Anderhalf uur later, toen hij zat te eten, belde ze opnieuw.
'Nou, ze lag nog in bed hoor. Ze is gewoon in bed gebleven.'
'Omdat Willy en Bertha haar niet meer willen hebben,' begreep hij.
'Ik denk het. Nu weet ze met de woensdag geen raad natuurlijk.'
'Verdomd vervelend.'
'Het is toch een ramp dat ze daar niet meer naartoe kan?'
'Ja, een ramp. En nu?'
'Nu is ze zich aan het aankleden, maar almaar huilen.'
'Natuurlijk.'

'Dat vind ik helemaal niet zo natuurlijk. Het is toch ontzettend irritant?'
'Dat ook.'
'Er zijn toch wel meer mensen die een dag alleen moeten zijn?'
'Nog wel langer ook.'
'Daarom.'
'En wat doe je nu?'
'Ik wou hier vandaag nog blijven, tot ze gekalmeerd is.'
'Doe dat maar.'
'Er staat nog een kliekje in de ijskast. Dat kun je opwarmen.'
'Ik zie wel.'
'Tot vanavond dan.'
'Tot vanavond. Het beste.' Hij legde de hoorn neer en nam een hap van zijn brood.
'Ik wil me niet bemoeien met zaken die me niet aangaan,' zei Bart van achter zijn boekenkast, 'maar er is toch niet iets met je schoonmoeder?'
'Ja,' zei hij. 'Dat wil zeggen, ze ging woensdags altijd naar twee oude nichten, het weekend ook trouwens, als ze niet bij ons is tenminste, maar die willen haar nu op woensdag niet meer hebben, zogenaamd omdat ze dan verplichtingen elders hebben, maar waarschijnlijk omdat ze er gek van worden almaar hetzelfde te moeten zeggen.'
'Dat kan ik niet beoordelen natuurlijk,' weerde Bart af.
'Wordt het nu toch geen tijd om haar maar bij jullie in huis te nemen?' merkte Ad op.
Maarten kon hem niet zien, maar hij meende een licht leedvermaak in zijn stem te horen. 'Ik denk niet dat dat de oplossing is,' zei hij droog, een nieuwe hap van zijn brood nemend.

*

22 juli 1976
Aan het eind van de middag was hij na een uur of negen tikken goed moe. Hij liep langzaam, wat duizelig, naar huis tussen het ronddraaiende verkeer, in het geraas van de avondspits.

'Goeiemiddag dames,' riep hij bij het binnenkomen, maar de dames waren er niet. Hij ging de slaapkamer in, trok een oude broek en een oud overhemd aan, aaide Marietje, keek in de bomen en ging op de divan zitten. Hij zat daar nog maar net toen hij ze binnen hoorde komen, pratend. 'Gaat u nou maar vast naar de kamer,' hoorde hij Nicolien zeggen, 'dan zet ik het eten vast op.' – 'Kom je dan ook?' vroeg haar moeder. – 'Ja, ik kom ook.' Hij hoorde haar door de gang aan komen lopen en keek naar de deur. De deur ging heel voorzichtig open. Ze keek om de hoek, alsof ze zich ervan wilde overtuigen dat het de goede kamer was, kwam de kamer in en zag hem zitten. Ze stak haar hand op. 'Ha, die Jansen.'
'Ha, die Pietersen.'
'Zit je hier maar een beetje in je eentje?'
'Ja, maar nou bent u er gelukkig.'
Ze hoorde het niet of ze luisterde er niet naar. Ze bleef staan en keek onzeker naar de drie stoelen. 'Waar zal ik nu gaan zitten?'
'Dat hindert niet.'
'Hier dan maar.' Ze ging in de stoel zitten waar ze altijd zat.
'Hoe gaat het nou met je vader?' vroeg ze, hem aankijkend.
'Die is dood.'
Ze schrok. 'Is die dood?'
'Ja, maar al lang hoor.'
'O, gelukkig. Ik dacht al.'
'Waar bent u geweest?'
'O, overal zo'n beetje, hè? Het gewone gangetje zal ik maar zeggen.'
'En wat is het gewone gangetje?'
'O, de boulevard, en zo.'
'De boulevard?'
Ze begreep meteen dat er iets aan haar antwoord niet in orde was. 'Ach, de boulevard, nee niet de boulevard natuurlijk! De Bijenkorf! We zijn naar de Bijenkorf geweest.'
'En was dat leuk?' Het leek hem onwaarschijnlijk dat ze daar geweest waren, gezien het tijdstip waarop ze thuis waren gekomen.

'Ja hoor, altijd zo'n beetje hetzelfde, hè? Het is toch niet meer zoals vroeger.'
'Nee, dat zal wel niet.'
Ze keek om naar de deur en zette haar handen op de leuningen van haar stoel. 'Waar blijft Niekewiek nou?' Ze wilde opstaan.
'Die komt zo,' stelde hij haar gerust. 'Die is even met het eten bezig.'
'Moet ik daar dan niet mee helpen?'
'Nee, vandaag hoeft dat niet.'
'O.' Ze liet zich weer terugzakken.
Nicolien kwam de kamer in met de fles jenever. 'Dag,' zei ze.
'O, ben je daar?' zei haar moeder. 'Ik dacht al, waar blijf je toch.'
'Ik moest toch voor het eten zorgen?' Ze keek naar de kleine tafel. 'Heb je nou nog niet eens de glazen klaargezet, en de advocaat?' Ze was geïrriteerd.
'Sorry,' hij stond op. 'Ik was er net.' Hij haalde de glazen uit het buffet en de advocaat uit de hoek. 'Waar zijn jullie geweest?'
'In Edam.'
'In Edam?' zei hij verrast.
'Het was leuk, hè moeder?'
'Ja, heel leuk,' beaamde haar moeder. 'Het was weer eens wat anders, hè?'
Hij schudde de advocaat in het glas van zijn schoonmoeder en schonk vervolgens hun eigen glazen in.
'Er is ook nog wat slagroom in de keuken,' zei Nicolien.
Hij ging de kamer uit, treuzelde wat met het vinden van de slagroom en liep toen langzaam weer terug. Hij was plotseling zo moe dat het leek of zijn ogen uit hun kassen kwamen.
'Wat heb jij gedaan?' vroeg ze toen hij de kamer weer inkwam.
'Ik heb me rot gewerkt,' hij gaf haar de slagroom.
Ze deed een paar lepels op de advocaat en gaf het glas aan haar moeder. 'Hier moeder!'
'O, kind,' zei haar moeder verrukt. Ze nam het glas voorzichtig van haar over en hief het naar hen op. 'Nou, proost dan maar hè, zullen we maar zeggen.'

Na het eten voelde hij zich belazerd: een strakke huid en een houten kop. Hij ging op de divan liggen, sloot zijn ogen en opende ze weer om naar de hemel te kijken. Zijn schoonmoeder en Nicolien zaten ieder met een stuk van de krant voor zich aan weerszijden van het open raam. De standaardopmerking voor die situatie was: De familie Leesgraag, maar hij voelde zich te belazerd om grapjes te maken. Hij kreeg het koud, ging met tegenzin naar de achterkamer om een slip-over te halen en kreeg het vervolgens nog kouder, alsof in zijn borst van tijd tot tijd een koudwaterkraan met een brede straal werd opengezet. Langzaam bekroop hem het vermoeden dat hij griep had. Hij vroeg zich af wanneer hij dat kon hebben opgedaan en herinnerde zich dat hij het, toen hij gisteren in de regen thuiskwam op de brug over het Singel, plotseling verdomd koud had gehad. Hij hield het nieuwtje nog enige tijd voor zichzelf, al genoot hij er bij lange na niet meer zo van als vroeger, integendeel, hoe ouder je werd, hoe ongelegener zoiets kwam. Eindelijk, tegen een uur of tien, stond hij op. 'Ik ga naar bed,' zei hij. 'Ik ben ziek. Dag moeder! Welterusten.'
'Dag Maarten,' zei zijn schoonmoeder. 'Slaap maar lekker.'
Nicolien kwam achter hem aan, de slaapkamer in. 'Dat meen je toch niet, dat je ziek bent?' zei ze ontstemd. 'Net nou moeder er is? Die ene keer dat ze eens wat langer komt logeren? Het enige wat ze heeft! Dat ga je toch niet verpesten?'
'Ik kan er echt niets aan doen,' verontschuldigde hij zich. 'Ik voel me belazerd.'
'Natuurlijk kan je er wat aan doen! Dat komt van die borrels natuurlijk! Waar zou het anders van zijn?'
'Nee, het komt niet van de borrels.' Hij trok zijn broek uit en legde die over de stoel.
'Het komt wél van de borrels!' zei ze driftig. 'Ik heb je nog gewaarschuwd! Je wilt het alleen niet bekennen!'
'Ik wil het best bekennen,' zei hij mat. 'Ik ben alleen te belazerd om dat uitvoerig te doen.' Hij ging de douchecel in en keek in de spiegel. Zijn gezicht was wit weggetrokken. Bovendien had hij een flinke pijn in zijn kaak.

'Als je dan maar zorgt dat je morgen weer beter bent!' zei ze. 'Dat eis ik!'

*

24 juli 1976
Nicolien kwam de douchecel weer uit en kleedde zich aan.
'Zal ik de gordijnen vast opendoen?'
'Nee, laat die nog maar even dicht.'
'Maar je komt toch wel bij het ontbijt, hè?'
'Ja, ik kom bij het ontbijt.'
Ze ging de kamer uit. Hij hoorde haar de gang door lopen en de voordeur uitgaan. Het geluid van de deur van het kamertje, die een beetje klemde, en meteen daarop hun stemmen. 'Goeiemorgen, hoe hebt u geslapen?' – 'Goed hoor, kind.' De gordijnen werden met twee rukken opengetrokken. 'Ligt u nou in uw onderjurk in bed?' – 'Ja, dat heb ik maar eens een keertje gedaan.' – 'Maar u moet uw nachtpon toch aantrekken?' – 'Wat zeg je?' – 'U moet uw nachtpon toch aantrekken?' – 'Ja, eigenlijk wel.' Hij luisterde ademloos. Hun stemmen drongen via de lichtschacht zijn kamer binnen, alsof ze aan zijn bed stonden. 'Haalt u uw gebit nog wel uit uw mond 's nachts?' hoorde hij Nicolien vragen. – 'Wat? Mijn gebit? Ja, ik geloof van wel. Ik weet het niet meer. Misschien niet.' – 'Maar dat moet u toch doen? Dat is toch gevaarlijk om dat in uw mond te laten zitten?' – 'Ja, dan moet je me maar een kopje water geven voortaan.' – 'Maar dat krijgt u toch? Hier staat het!' – 'Waar? O ja. Ja kind, ouderdom komt met gebreken moet je maar denken.' Het was even stil. 'Wat gaan we nou doen?' hoorde hij zijn schoonmoeder vragen. – 'Nu gaat u zich wassen.' – 'O ja.' – 'Als u nou de po meeneemt, dan neem ik dit mee.' – 'O ja.' De deur van het kamertje werd opengedaan en weer gesloten. Het geluid van de sleutel in de voordeur en daarna opnieuw de stem van zijn schoonmoeder: 'Ziezo, daar zijn we weer.' Hij hoorde haar de w.c. ingaan en de po legen. 'En nu?' Ze was weer op de gang. – 'Nu gaat u zich even

wassen. Eerst Maarten maar even goeiedag zeggen.' De deur van de slaapkamer werd wat verder opengeduwd. In het halfdonker zag hij hoe zijn schoonmoeder naar binnen werd geschoven. 'Daar ligt ie. Ziet u wel?' Ze stond hulpeloos naast zijn bed en keek voor zich uit naar de schoorsteenmantel, recht tegenover de deur. 'Dag Maarten. Gaat het nou weer een beetje?'

'Ja hoor, dat gaat weer best,' zei hij, naar haar opkijkend.

'Fijn hoor! Heb je goed geslapen?' Blijkbaar hoorde ze niet waar zijn stem vandaan kwam, want ze bleef recht voor zich uit in het donker kijken.

'En u ook?'

'Wat zegt Maarten?' vroeg ze, zich omdraaiend naar Nicolien die achter haar in de deuropening was blijven staan.

'Hij vraagt of u ook goed geslapen hebt.'

'Ja, ik ben een beetje doof. Mijn oren moeten weer eens uitgespoten.'

'Moeder is 's ochtends altijd erg doof. Gek hè?' zei Nicolien. 'Maar je praat ook wel erg onduidelijk.'

'Geen lawaai op de trap?' vroeg Maarten, zijn stem verheffend en duidelijk articulerend.

'Wat zegt hij?' Ze keek nog altijd naar de schoorsteenmantel, stokstijf op haar plaats.

'Of er geen lawaai op de trap was.'

'Nee hoor, ik heb best geslapen.'

'Mooi.'

Ze draaide zich om. 'Waar moet ik nu naartoe?'

'Nou moet u hierin.' Ze duwde haar moeder in de richting van de douchecel.

'O ja.'

Ze gingen samen de douchecel in. De deur ging achter hen dicht. 'En moet ik hier dan ook weer uit?' hoorde hij haar vragen. – 'Ja, dat kunt u doen, maar u kunt ook hier weer door, naar de gang. Net als anders.' – 'O ja. Nou, dan vind ik het wel hoor. Dan gaan we ons maar even lekker poedelen.' – 'Tot straks.' – 'Tot straks dan hè? Dag.' De deur ging weer dicht.

Het werd doodstil in de cel. Hij vroeg zich af wat ze nu deed. Een of twee keer hoorde hij heel kort de kraan, maar daar bleef het bij. Hij vroeg zich af wat ze onder wassen verstond. Haar haar in geen geval, en haar voeten ook niet. Maar de rest? Voor zover ze wisten was ze nog nooit onder de douche geweest. Water daar had ze het niet op, en water dat van boven kwam, was wel heel beangstigend. Hij vermande zich, kwam overeind op de rand van zijn bed, bleef daar nog even besluiteloos zitten, trok toen met tegenzin zijn kamerjas aan en ging de voorkamer in, zijn ogen dichtknijpend tegen het felle licht. Slap en duizelig zat hij op de divan, in de hoek achter de planten. Hij hoorde de deur van de douchecel naar de gang opengaan en leidde uit de geluiden die hij hoorde af dat ze vergeefs naar het lichtknopje zocht omdat ze er niet aan kon wennen dat het licht in de douchecel met een koordje bediend werd. Nicolien was in de w.c. bezig met het schoonmaken van de po in het fonteintje. Hij hoorde zijn schoonmoeder heen en weer drentelen op de gang. De deur werd voorzichtig wat verder opengeduwd. Ze kwam aarzelend de kamer in, een hand geklemd om de rand van haar peignoir, verrast toen ze hem op de divan zag zitten. Haar gezicht begon te stralen. 'Hoi!' Ze stak haar hand op, de vingers gespreid, zoals een schoolmeisje haar vriendje begroette, in dit geval een schoolmeisje met een heel oud hoofd.
'Hoi,' zei hij.
Ze hoorde Nicolien uit de w.c. komen, draaide zich om en liep met dwaze, kleine stapjes de gang weer in. 'En nu?' – 'Nu moet u zich aankleden,' hoorde hij Nicolien zeggen. 'Kijk! Als u dit nou aantrekt!' Het viel hem opnieuw op wat een engelengeduld ze het afgelopen jaar had ontwikkeld. Een geruststellend vooruitzicht ingeval hijzelf dement zou worden, al betwijfelde hij meteen weer of iemand met haar karakter zoiets twee keer in haar leven zou kunnen opbrengen. 'Nee, niet hier! In het kamertje toch?' Hij begreep dat ze zich in de gang wilde gaan aankleden. Ze moest er zelf een beetje om lachen. 'Ja, natuurlijk.'

Toen hij haar voor de tweede keer de voordeur hoorde binnenkomen, ging hij aan de tafel zitten. Ze kwam de kamer in, liep onzeker in de richting van de tafel en bleef daar staan.
'Waar zal ik gaan zitten?'
'Waar u altijd zit.' Het irriteerde hem. Ze zat daar nu al zeven jaar, hij vond dat ze dat toch wel mocht weten.
'Daar?' Om een of andere reden wilde ze altijd op de plaats van Nicolien gaan zitten, of ze deed alsof, want het was bij haar moeilijk de grens vast te stellen tussen wat ze echt niet wist en wat ze zou weten als ze er belang bij had. Een deel van zijn irritatie berustte op ongeloof. De rest was de gewone irritatie tegenover weerloze mensen die zich afhankelijk voordeden. Dat hij die irritatie meestal onderhuids wist te houden, rekende hij zich niet aan als verdienste. De eerste reactie was immers kenmerkender dan het gepolijste eindresultaat, dat trouwens bij de minste spanning al gauw niet meer zo gepolijst was. Beschaving is prachtig, dacht hij, maar ze betekent niet veel als de ziel er niet van doortrokken is.
Intussen was Nicolien binnengekomen. Ze sneed het brood. Ze legde een witte boterham op het bord van haar moeder en sneed toen een bruine af.
'Ik krijg twee boterhammen van mijn moeder,' merkte haar moeder op.
Hij had er donder op durven zeggen dat dat ook de bedoeling was, maar de boterham ging in het mandje, met een gebaar waarin alleen de kenner een zekere korzeligheid kon voelen. Hij wist dat ze zo'n opmerking niet verdroeg. En inderdaad, de volgende boterham was wel voor haar moeder. Ze had zichzelf weer onder controle.
'Fijn dat je weer zo opgeknapt bent, hè?' zei haar moeder.
'Heerlijk!' Hij wrong zijn pap naar binnen. Daarna liet hij het afweten en zodra hij de kans kreeg ging hij weer op de divan zitten. Hij kwam er weer vanaf toen ze boodschappen gingen doen om hen van achter het raam na te kijken. Nicolien stak de straat over naar de grachtkant en wuifde. Het duurde lang voor haar moeder ook in zicht kwam. Ze drentelde naar

de overkant, draaide zich daar helemaal om, keek langzaam omhoog met haar hand boven haar ogen, en spreidde haar hand naar hem uit met een verdwaasde glimlach. Dat werd nog eens herhaald, waarna ze achter Nicolien aandraafde, de linkerhand naar voren aan haar arm, de rug gekromd, de kop vooruit, als de blinden op het schilderij van Breugel.

*

25 juli 1976
'Zullen we niet bij het raam gaan zitten?' zei Nicolien. 'Met dat mooie weer?' Ze bleef met het blad met de koffiekopjes staan, haar moeder wezenloos achter zich.
'Dat is goed,' zei hij.
'Zet jij de bureaustoel dan even bij het raam, voor moeder? Dan kan ze naar de bootjes kijken.'
Hij stond op.
'Waar moet ik gaan zitten?' vroeg haar moeder.
'Bij het raam. Maarten zet de bureaustoel voor u klaar.'
'Dan kunt u naar de bootjes kijken,' zei hij, zijn stoel naar het raam tillend.
'O ja.'
Hij zette een stoel voor Nicolien aan de andere kant en ging zelf tussen hen in zitten, een eindje de kamer in.
Nicolien zette de kopjes voor haar moeder en haarzelf op de vensterbank en het zijne op de kleine tafel. Haar moeder nam plaats in de bureaustoel. 'Ik zit op de eerste rang,' merkte ze op.
'Het komt u toe,' zei hij.
'Paarden die de haver verdienen, krijgen ze niet.'
'Dat is waar.'
'Dat zeggen ze wel eens.'
'Ga je nu morgen weer naar het Bureau?' vroeg Nicolien.
Hij knikte. 'Ja.'
'Gaat Maarten morgen naar het Bureau?' vroeg haar moeder. 'Hij is toch ziek geweest?'
'O ja. Ja, dat wist ik natuurlijk wel, maar ik dacht: Ik vraag er

maar niet naar, want dat is zo vervelend, dan denk je misschien dat hij erg ziek is.'
'Nee, erg ziek ben ik niet.'
'O, gelukkig. Ja, het kon zijn, want je weet maar nooit.'
'Je weet niets,' bevestigde hij. 'Je bent je leven niet zeker.'
Ze dronken van hun koffie. De geluiden van de zomeravond kwamen door het raam naar binnen: stemmen, het zachte ronken van een rondvaartboot, het spoelen van het water tegen zijn boeg en het klotsen van de golven tegen de wallekant. Vanwaar hij zat, zag hij alleen het zware groen van de boom voor hun huis, waarvan de blaadjes zachtjes bewogen in de avondwind, en het profiel van zijn schoonmoeder. Het viel hem op dat ze een pruillip had en hij leidde daaruit af dat ze al heel vroeg de weg van de minste weerstand had gekozen en die consequent tot het eind toe was blijven volgen. Ze keek roerloos naar de langsvarende bootjes, ogenschijnlijk geboeid door hun aanblik. 'Wat zijn die bootjes vol, hè?' merkte ze op. 'Het lijkt wel of er niemand meer bij kan.'
'Dat komt omdat het zo'n mooie avond is,' zei Nicolien.
'Hoeveel zou dat nou kosten, denk je?'
'Drie en een halve gulden,' schatte hij.
'Dat brengt zo'n man dan ook aardig wat in het laatje.'
'U denkt weer aan de zakenmensen.'
'Moeder denkt aan oom Jef natuurlijk,' zei Nicolien.
'Als het een mooie zomer was, dan stroomde het geld binnen,' herinnerde haar moeder zich, 'maar als het regende, dan was het een strop voor de zakenmensen, want je had wel je personeel, dat ging gewoon door.'
Ze zwegen.
'Maar als het donker wordt, dan houdt het zeker op?' veronderstelde ze. 'Want dan kunnen ze niets meer zien.'
'Er is toch illuminatie?' zei Nicolien.
'O ja. Dan is het misschien juist erg mooi.'
'Dat hebben wij toch ook wel eens gedaan?'
'Ja, dat is waar ook. Nou je het zegt.'
Ze keek weer enige tijd naar buiten. 'Het is ook helemaal windstil.'

Hij had kunnen zeggen dat het nou ook weer niet zo windstil was, maar hij hield dat voor zich. Dat was spijkers op laag water zoeken.

'Dat ze nog wat kunnen zien,' merkte zijn schoonmoeder op toen er weer een bootje langskwam. 'Het is toch eigenlijk al veel te donker?'

'Maar u kunt toch ook nog zien?' zei Nicolien.

'Ja, dat is eigenlijk wel zo. Maar als het nou nog donkerder wordt, dan houden ze zeker op?'

'Nee, want dan gaat de illuminatie aan.'

'O ja. En kunnen ze dan wel zien?'

'Ja, dat is toch juist mooi?'

'Ja, misschien wel.'

Ze zwegen.

'Hoeveel zou dat nou kosten, met zo'n bootje?' vroeg ze.

'Drie en een halve gulden,' zei hij.

'Drie en een halve gulden! Dan zal zo'n man ook heel wat verdienen!'

'Vindt u dat veel?'

'Nou, als je bedenkt hoeveel mensen er wel niet in zitten als zo'n bootje vol is.'

'Honderd?' schatte hij.

'Hoeveel is dat wel niet?'

'Driehonderdvijftig gulden.'

'En dan wat die man nog in zijn hand gedraaid krijgt.'

'Dat is waar.'

Ze zwegen.

'Maar als het donker wordt, houden ze er zeker mee op?' veronderstelde ze.

★

3 augustus 1976

Hij zat thuis te werken toen zijn schoonmoeder belde. 'O, dag Maarten. Is Niekewiek er niet?' Aan haar stem hoorde hij dat ze in paniek was.

'Die is boodschappen doen.'
'O, want nu belt Annie dat ze me donderdag komt halen, maar donderdag komt Niekewiekje toch? Wat moet ik nu doen?'
'Ik zal het tegen haar zeggen als ze terug is, dan belt ze u wel op.'
'En wanneer is dat dan, denk je?'
'Over een uurtje.'
'Dus zal ik dan maar even wachten?'
'Dat zou ik maar doen.'
'Dus ik hoef nog niet met Annie af te spreken?'
'Nee, wacht u nog maar even tot Nicolien terug is.'
'Goed, dat zal ik dan maar doen. Want ik weet niet wat ik doen moet, zie je.'
'Nee, dat begrijp ik. Ze belt u over een uurtje.'
'Tot over een uurtje dan.'
'Tot over een uurtje. Dag moeder.' Hij legde de hoorn weer neer.

'Je moeder heeft gebeld,' zei hij toen Nicolien de kamer inkwam. 'Annie wil haar donderdag komen halen.'
'Maar dan ga ík toch altijd?'
'Dat bracht haar dan ook in paniek.'
'Daar begrijp ik niets van. Annie weet toch ook dat ik er donderdag altijd ben?' Ze kwam naar zijn bureau toe. 'Kan ik er even bij?' Hij stond op, ze nam zijn plaats in en pakte het mapje met telefoonnummers. 'Er is ook altijd wat,' zei ze terwijl ze het nummer van Annie zocht. 'Als het het een niet is, dan is het het ander.' Ze draaide het nummer en keek over haar schouder. 'Je zult zien dat ze nog niet thuis is ook.' Nog voor ze was uitgesproken, wendde ze zich weer af. 'Ja, Annie, met Nicolien. Zeg, moet je horen. Mijn moeder belt net op dat jij haar hebt opgebeld dat je haar donderdag komt halen, maar nu zou ik donderdag komen, dus ... Wat! Heb je niet opgebeld? Maar hoe komt ze daar dan bij? ... Ja, een beetje in de war zeker. ... Ja, ze wordt oud, maar ze kan zich nog wel redden. ... Ja, dat is goed. Dat zou leuk zijn. Dat vindt ze vast leuk,

want ik geloof wel dat ze zich eenzaam voelt. ... Ja, leuk! En hoe gaat het met jullie? ... Met juffrouw Jatin ook? ... Ja, met ons gaat het ook goed. ... Nou. ... Ja, natuurlijk. ... Nou. ... Ja, dat zal ik doen. ... Ja, ik zal haar meteen bellen. ... Goed. Dag. ... Dag.' Ze legde de hoorn neer. 'Nou heeft Annie haar niet eens gebeld,' zei ze verbluft. 'Ze begreep er niets van. Hoe vind je nou zoiets!' Ze nam de hoorn weer op en draaide het nummer van haar moeder. 'Ja moeder, met mij. Daar ben ik. Maarten zegt dat u hebt opgebeld omdat Annie u heeft gebeld?' Vanaf de divan kon hij de stem van zijn schoonmoeder horen. 'Maar Annie heeft u helemaal niet gebeld! ... Nee! Die weet van niets! Dat moet u gedroomd hebben! ... Ja, dat hebt u gedroomd! ... Ja, heel gek, maar dat hindert toch niet? Het is nu toch weer in orde? ... Ja, ik kom donderdag. Gewone tijd. ... Ja, dan maken we er een gezellige dag van. ... Ja, dat weet u toch wel? U bent hier net nog geweest! ... Ja, dat denk ik ook. U bent een beetje in de bonen. Nou. Tot donderdag dan, hè? ... Ja, tot donderdag. Dag. ... Dag.' Ze legde de hoorn neer en draaide zich naar hem om. 'Aaitje voor de poes, zegt ze. Je hebt toch nog wel een poes?'

⋆

20 augustus 1976
'Dus jij haalt moeder?' zei hij bij de deur.
'Ja,' zei ze. 'Ik denk dat ik nog even met haar naar Kijkduin ga voor we hiernaartoe komen. Ben jij vanmiddag thuis?'
'Ik denk het wel. Als er niks tussen komt.' Hij gaf haar een zoen. 'Tot straks. Doe haar maar vast de groeten.' Hij opende de deur.
'Dag,' zei ze nog eens toen hij de trap afging, en ze sloot de deur achter hem.

Om drie uur, toen hij thuis zat te werken, belde ze op. 'Dag. We gaan nu naar de trein. Wil je de pudding uit de ijskast halen? En wil je de wijn erin zetten?'

‘Ik zal het doen. Hoe was het in Kijkduin?’
‘Goed, maar dat vertel ik nog wel. Vergeet je het niet?’
‘De pudding en de wijn.’
‘En doe je het dan meteen? Anders vergeet je het toch nog.’
‘Ik doe het meteen.’
‘Tot zo meteen dan. Dag.’
‘Dag,’ zei hij. ‘De pudding en de wijn,’ herhaalde hij terwijl hij opstond. ‘De pudding uit de ijskast en de wijn erin.’

Om kwart voor vijf hoorde hij hen het bordes opkomen. Hij stak zijn hoofd uit het raam, over de geraniums. Nicolien stak juist de sleutel in het slot, haar moeder stond er afwezig achter.
‘Hoi!’ zei hij.
Nicolien keek omhoog. ‘Dag.’ Haar moeder stak alleen haar hand op, zonder omhoog te kijken, want daar was ze te oud voor. Hij liep naar de voordeur en wachtte hen op, staande in de deuropening. ‘Gaat het?’ hoorde hij Nicolien vragen. – ‘Ja hoor,’ antwoordde zijn schoonmoeder. ‘Het is alleen een hele klim, hè?’ Trede voor trede kwamen ze omhoog. ‘Twee dames in de bocht,’ zei hij zodra ze om de bocht van de trap verschenen.
‘Is Maarten daar?’ vroeg zijn schoonmoeder.
‘Ja, daar is Maarten,’ zei Nicolien.
‘O, dag Maarten,’ zei ze zonder op te kijken.
‘Dag moeder,’ antwoordde hij. ‘Geef mij die tas maar.’ Hij nam de tas van Nicolien over, pakte de sleutel, en bracht de tas in het kleine kamertje. Toen hij terug het huis inkwam, stond zijn schoonmoeder Marietje te aaien, met haar andere hand steun zoekend op het ladenkastje. ‘Ben je daar? Ben je daar dan? Ja, zegt hij tegen zijn moe. Nee, zegt hij tegen zijn moe.’ Marietje ging op haar rug liggen en liet zich met toegeknepen ogen over haar buik kroelen.
‘Als u nu vast naar de kamer gaat, dan zorg ik voor de borrel,’ zei Nicolien.
Haar moeder stond langzaam op en keek onzeker de gang in.
‘Gaat u maar met Maarten mee.’

'Geeft u mij maar een arm,' zei hij. 'Dan komen we er wel.'
'Ja, wel graag, want ik weet het niet allemaal zo precies meer.'
'Dat hoeft ook niet. Ik zorg wel dat u er komt.'
'O, fijn.'
Ze liepen langzaam door de gang naar de kamer.
'En daar is uw stoel,' zei hij, haar naar de stoel bij het raam brengend.
'Ja, nu weet ik het wel weer. Ik moet er weer even aan wennen, hè? Ik ben al oud.' Ze ging zitten.
Hij zette zich op de divan. 'Wat hebt u vandaag gedaan?' vroeg hij.
'Gewoon rustig thuis gebleven.'
'Thuis gebleven?'
'Ja, zo'n ogenblikje kun je toch niks doen.' Ze bedacht zich. 'Of nee, ik geloof dat we die kant van de bus zijn op geweest. Hoe heet het daar ook weer? Meer en Bos, geloof ik.'
Nicolien kwam met de fles witte wijn en een glas advocaat de kamer in. 'U maar een advocaatje, hè moeder?' Ze zette het glas voor haar neer.
'Dank je wel kind. Wat een heerlijkheid.'
Hij was opgestaan en haalde twee glazen en een kurketrekker uit het buffet. 'Je zou nog vertellen van Kijkduin,' herinnerde hij haar.
'O ja, dat was leuk, hè moeder? In Kijkduin.'
'Ja, dat was leuk,' zei haar moeder. 'Dat was weer eens wat anders, hè?'

Na het eten zaten ze bij het open raam terwijl het langzaam donker werd. De schijnwerpers, waarvan er een op hun huis gericht was, gingen aan en verlichtten de boom. Zijn schoonmoeder keek ernaar. 'Wat is het stil, hè?' zei ze. 'Ik geloof dat ik het nog nooit zo stil heb gezien.' Hij keek omhoog en zag heel veel blaadjes bewegen, maar hij hield zijn mond. Toen ze dat een aantal keren herhaald had, werd het hem te veel. Hij stond op en deed zijn bureaulamp aan. 'Je gaat nu toch niet meer werken?' protesteerde Nicolien. Hij deed het licht weer uit en ging opnieuw in zijn stoel zitten, urenlang, tot hij zo gespannen was dat hij bang was krankzinnig te worden. In niets de in zichzelf verzonken wijsgeer, hoe geweldig hij die houding ook vond. En hij dacht met zorg aan de tijd dat hij, getroffen door een beroerte, stom en onmachtig in een kar zou zitten, wachtend op zijn dood.

*

21 augustus 1976
Vanaf zijn bureau zag hij zijn schoonmoeder in haar pyjama uit de badcel de gang opkomen. Op hetzelfde ogenblik kwam Nicolien uit de keuken.
'En nu?' vroeg haar moeder hulpeloos.
'Nu gaat u even naar uw kamertje om u aan te kleden.'
'O ja.' Terwijl Nicolien achter haar de badcel inging, kwam ze onzeker in zijn richting. 'Kamertje, kamertje,' hoorde hij haar mompelen. In de woonkamer bleef ze staan, om zich heen kijkend. 'Kamertje.'
Nicolien keek om de deur van de badcel. 'Nee, daar is het kamertje toch niet? Het kamertje is toch daar?' – ze wees de andere kant op.
'O ja.' Ze liep de gang weer in, 'kamertje, kamertje', en betrad aarzelend hun slaapkamer.
'Bent u daar nou alweer?' hoorde hij Nicolien vragen. 'U weet toch wel waar uw kamertje is?'
'Ja kind, maar ik kan het niet vinden.'
'Kom dan maar. Dan ga ik wel even met u mee.'
Ze kwamen samen de gang weer op, Nicolien met de peignoir van haar moeder over haar arm. 'Zo moet u. Weet u nog wel?' Ze nam haar bij de arm, bracht haar naar de voordeur en opende die. 'En dan is daar uw kamertje. De deur staat nog open. Ziet u wel?'
'Ja, nu zie ik het weer,' antwoordde haar moeder. 'Dat komt, ik ben het niet zo gewend, en dan is het een beetje moeilijk, hè, als je zo oud bent.'

*

31 oktober 1976
Ze maakten op zondagmorgen een wandeling door het Vondelpark. De hemel was blauw, de bomen geel en rood. Het rook herfstig. Ze zaten op een bank in de zon en de wind, en liepen vervolgens door de Van Breestraat en de Verhulststraat naar het Concertgebouw. Daar stapten zijn schoonmoeder en Nicolien op de tram. Hij ging te voet. Toen hij thuiskwam, zaten ze in de kamer op hem te wachten. Nicolien ging naar de keuken om koffie te zetten.
'En, heb je prettig gewandeld?' vroeg zijn schoonmoeder.
'Heel prettig. En u?'
'Wij ook hoor.'
'Waar bent u geweest?'
'In het Vondelpark, geloof ik. Ja, in het Vondelpark. We hebben in de zon op een bankje gezeten. En jij?'
'Ik heb ook in het Vondelpark gewandeld.'
'Dat is ook toevallig. Dan hadden we elkaar dus tegen kunnen komen.'
Hij glimlachte. 'Dat is zeker toevallig. En toen?'
Ze dacht na. 'Toen weet ik het niet meer. Ik geloof met de tram of zo.'
Hij knikte. 'Dat zal wel.'
'Oud worden is niet erg, maar je moet wel dezelfde blijven.'
'Dat is zo.'
'Je zult nog wel eens aan me denken als je zelf tachtig bent.'
'Als ik dat haal.'
Ze reageerde daar niet op.
'Bovendien bent u al 83.'
'Ben ik al 83?' Ze lachte. 'Wil je wel geloven dat ik dat helemaal niet wist?'

's Middags luisterden ze naar Schubert. Bij de impromptu's die de vader van Nicolien altijd floot, hief haar moeder haar hoofd wat op en bewoog zachtjes haar hand op de maat. Dat ontroerde hem.

’s Avonds speelden ze domino. Hoewel hij won, begon het spel hem wat te vervelen. Misschien was hij gewoon niet in de stemming, want eigenlijk zou zo’n spelletje domino een feest moeten zijn. Glaasje slemp erbij, stukje kandijkoek, en dan tot diep in de nacht doorjassen. Als het goed was, moest dat de illusie van tijdeloosheid geven.
Toen hij weer op de divan zat en naar zijn schoonmoeder keek, vroeg hij zich af wat haar aanwezigheid zo benauwend maakte. Je zou toch zeggen dat ze geen vlieg kwaad deed. Maar het leek of de kamer als zij er was geen kracht meer had. Alles vloog door de ramen weg. Hij werd daar geweldig gaar van en het irriteerde hem. Alleen wanneer je je met zijn allen concentreert op één punt dat de kracht van het bijzondere heeft, kun je de zaak bij elkaar houden. Misschien was dat de verklaring voor het falen als je oud bent. Als er niets meer is wat nog je belangstelling heeft, valt er ook niet meer in vrede en geluk bij elkaar te zitten.

⋆

28 november 1976
Het was grauw en guur. Ze reden met lijn 1 tot aan het Kattenlaantje en liepen door het Vondelpark terug naar Americain, zijn schoonmoeder in gestrekte draf tussen hen in, met stijve knieën en struikelende pasjes, het hoofd naar voren. Ze tuimelde door de draaideur Americain binnen, wist nog net voor het rek met tijdschriften een zwaai naar rechts te maken en kwam in het café tot stilstand. Het duurde even voor ze zich achter een tafel had gewurmd. Ze liet een wind en toen zat ze, haar blauwwollen muts op haar hoofd, haar jas aan, wezenloos, maar tevreden. Ze keek naar buiten, maakte kokertjes van haar handen en boog zich wat naar voren. ‘Zie ik goed dat de ramen daar wit zijn?’ zei ze.
‘Ja,’ zei hij.
‘Dat moeder dat ziet,’ zei Nicolien.
‘Ja, ik zie wel wat. Was daar vroeger niet die goeie zaak? Hoe heette die ook weer?’

'Hirsch,' hielp hij.
'O ja, Hirsch. Dat was toch zo'n goeie zaak?'
'Een heel goeie zaak.'
'En zou die het nou niet meer doen?'
'Ik denk het niet.'
'Eigenaardig, hè?'
'Heel eigenaardig,'
'Je zou toch zeggen, de mensen hebben nu toch veel meer geld dan vroeger.'
'Kocht u wel eens bij Hirsch?'
Ze moest daarom lachen. 'Dat was alleen voor de sjiek.'
De ober kwam opnemen.
'Wat wilt u moeder?' vroeg Nicolien.
'Geef mij maar een ijsje. Of hebben ze dat hier niet?'
'Nee, 's ochtends niet.'
'Dan maar koffie.'
'Drie koffie en drie appelbollen,' zei Nicolien.
'Krijgen we een appelbol?' vroeg haar moeder.
'Daar houdt u toch van?'
'Ja hoor. Ik word maar verwend.' Ze keek naar buiten, maakte kokertjes van haar handen en boog zich wat naar voren. 'Zijn de ramen daar niet wit? Of vergis ik me?'
'Nee, u vergist zich niet,' zei hij.
'Daar was vroeger toch zo'n goeie zaak?'

★

1 januari 1977
'Wat ga je nou doen?' vroeg Nicolien.
'Ik dacht erover om die lijst van Sien met moeder door te nemen.' Hij zette zich weer op de divan, legde een plank op zijn knieën en daarop de vragenlijst.
'De lijst van Sien?' vroeg ze verbijsterd.
'Ik dacht dat dat misschien leuk zou zijn.'
'Werk voor het Bureau? Op zondagmiddag?'
'Omdat hij bedoeld is voor mensen boven de zeventig.'

‘Waar gaat dat dan over?’
‘Over wat ze vroeger aten, toen ze nog een kind waren.’
‘Maar daar weet moeder toch zeker niets meer van?’
‘Dat wou ik nou juist proberen.’
‘En als ik dan naar muziek had willen luisteren?’
‘Dan luisteren we naar muziek natuurlijk,’ hij nam de plank op en legde hem naast zich.
‘Nee, vraag nou die lijst maar.’
‘Ik wil best naar muziek luisteren.’
‘Dan was je die lijst niet gaan halen.’
Hij zweeg.
‘Vraag het nou maar. Nou kan ik toch niet meer naar muziek luisteren, nou ik weet dat jij die lijst wou vragen.’
‘Wat gaan we doen?’ vroeg haar moeder, die vergeefs geprobeerd had het gesprek te volgen. ‘Gaan we naar muziek luisteren?’
‘Nee, ik wou u een paar vragen stellen, van een vragenlijst,’ zei hij wat luider, zich duidelijk tot haar richtend.
‘Aan mij?’ vroeg ze verbaasd. Ze begon te lachen.
‘Over de tijd dat u nog bij uw moeder was.’
‘Bij mijn moeder? O, kind!’
‘Zie je wel,’ zei Nicolien. ‘Dat herinnert moeder zich toch niet meer?’
‘Waarom zou ze zich dat niet herinneren? Ik interview toch wel meer mensen van boven de zeventig?’
‘Maar niet zoals moeder.’
‘Dat wou ik nou juist eens zien,’ zei hij kregelig.
Ze zweeg.
‘Waar woonde u toen?’ vroeg hij, zich weer tot zijn schoonmoeder richtend, hij nam de plank met de lijst weer op schoot.
‘Wanneer?’
‘Toen u nog een kind was.’
‘Dat weet ik niet meer, hoor.’
‘Jawel, dat weet u nog best.’
‘In de Annastraat,’ hielp Nicolien.
‘Ja, in de Annastraat geloof ik,’ zei haar moeder vaag.

‘En uw vader had een café?’

‘Moet je dat allemaal weten?’ vroeg Nicolien verbaasd.

‘We moeten de sociale achtergrond weten,’ legde hij uit, ‘anders weet je nog niets.’

‘Maar dat wist je toch al?’

‘Jawel, maar ik probeer moeder weer in die tijd te verplaatsen.’

‘Maar eigenlijk was hij marechaussee,’ zei haar moeder, die intussen haar eigen gedachten gevolgd had.

‘Maar zo hebt u hem niet meer gekend.’

‘Wat zegt Maarten?’ vroeg haar moeder, zich tot Nicolien wendend.

‘Dat u hem zo niet meer hebt gekend.’

‘Nee, omdat hij was afgekeurd voor reuma.’

‘Toen u een kind was, was hij caféhouder,’ zei hij wat luider.

‘Ja, toen had hij een café.’

‘En wanneer was dat café nou open?’

‘Wat zeg je?’

‘Wanneer dat café open was. Op welke uren!’

‘O, dat was altijd open.’

‘Altijd?’

‘Ja, ik kan me niet herinneren dat het ook wel eens dicht was.’

‘Dus u at ook nooit met zijn allen?’

‘Wat zeg je?’

‘Je moet duidelijker praten,’ zei Nicolien.

‘Ik praat duidelijk,’ zei hij geprikkeld, ‘moeder verstaat me alleen niet.’ Hij keek weer naar zijn schoonmoeder. ‘U zat dus nooit allemaal tegelijk aan tafel!’ Hij spande zich in om duidelijk te articuleren.

‘Nee, mijn vader at er zo’n beetje tussendoor, hè?’

‘Achter de toonbank.’

Ze knikte. ‘Ook wel achter de toonbank, of als mijn moeder hem afloste.’ De vraag riep een herinnering bij haar op. ‘Dat hadden de klanten wel liever, want mijn moeder schonk een grotere borrel. Mijn vader was zuinig, maar mijn moeder schonk hem tot het randje. Daar zei hij later dan wel eens wat van.’ Ze lachte vergenoegd.

Maarten glimlachte. Hij wachtte even. 'En u at samen met uw moeder?'
'En met Jef en Karel en Bets, toen die nog niet getrouwd was.'
'En hoe laat was dat dan?'
'Wat zeg je?'
'Hoe laat? Op welke tijdstippen?'
Ze keek naar Nicolien. 'Wat zegt Maarten?'
'Hij vraagt hoe laat u at.'
'Hoe laat, hoe vaak u at!' herhaalde Maarten toen ze wat verdwaasd reageerde.
'O ja, ja, brood met beleg.'
'En hoe laat was dat dan?'
'Wat?'
'Dat u brood at?'
'Dat was om zes uur.'
'En 's middags at u warm.'
'Ja, 's middags at je warm. Dat was toen nog.'
'En hoe laat was dat?'
'Wat zeg je?'
'Hoe laat dat was, om welke tijd!'
'Wat?'
'Dat u warm at!'
'O, om twaalf uur.'
Hij knikte. 'En het ontbijt?'
'Het ontbijt?'
'Ja.'
'Het ontbijt dat was om acht uur.'
Hij noteerde dat.
'Hoeveel vragen heb je nu gedaan?' vroeg Nicolien.
'Eén.'
'En hoeveel zijn er dan?'
Hij bladerde in de lijst. 'Een stuk of honderd.'
'Honderd? Maar daar kom je toch nooit mee klaar op die manier?'
'Ik hoef er ook niet mee klaar te komen. Ik kijk gewoon tot moeder er genoeg van heeft.' Hij wendde zich weer tot zijn schoonmoeder. 'Hebt u er al genoeg van?'

'Wat zegt Maarten?'
'Of u er al genoeg van hebt,' zei Nicolien.
'Niks hoor, maar ik weet het niet allemaal meer zo, hè? Want ik ben al tachtig!'
'Al drieëntachtig zelfs,' zei Maarten.
'Ben ik al drieëntachtig?' – ze moest erom lachen. 'O, kinderen, jullie hebt wat met me te stellen.'
'Niks hoor,' zei Maarten.
'Oud worden is niet erg, maar je moet wel dezelfde blijven.'
'Dat is zo.'
'Je zult nog wel eens aan me denken als je zelf tachtig bent.'
Ze lachten.
'Dat zullen we zeker,' zei Maarten.
'Drieëntachtig!' – ze kon er niet over uit.
'Kent u dat rijmpje nog?' vroeg Maarten.
'Wat zegt Maarten?'
'Of u dat rijmpje nog kent,' zei Nicolien.
'Tien, dat zijn mijn kinderjaren,' hielp Maarten.
'Twintig ga ik aan het paren,' viel zijn schoonmoeder in.
'Dertig...'
'... moet ik zijn getrouwd.'
'Veertig...'
'... word ik al wat oud.'
'Vijftig...'
'Vijftig...' ze dacht na. 'Vijftig... ik weet het niet meer.'
'Jawel, u weet het best.'
'Vijftig krijg ik ongemakken.'
'Nee, vijftig ga ik aan het zakken!'
Ze wist het weer. 'Zestig krijg ik ongemakken. Zeventig neemt het leven af. Tachtig lig ik in mijn graf. Negentig zal ik niet beleven, want honderd staat niet aangeschreven!' – het kwam er in één keer uit. 'Dat zei mijn vader altijd. Dus ik ben al tachtig!'
'Drieëntachtig zelfs!'
'Drieëntachtig?' – ze lachte ongelovig.
'Maar toen u nog een kind was,' zei Maarten, 'toen at u dus

's ochtends brood, en 's middags at u warm, en 's avonds at u weer brood.'

'Ja, 's middags aten we warm.'

'En was dat alle dagen zo?'

'Wat zegt Maarten?'

'Of dat alle dagen zo was,' zei Nicolien.

'Was dat op zaterdag ook zo?' hielp hij.

'Ja, op zaterdag ook.'

Hij noteerde dat. 'En op zondag?'

'Op zondag at mijn moeder soep. En op donderdag aten we altijd pannekoeken.'

'Zie je wel dat moeder het nog wel weet?' zei hij tegen Nicolien.

'Ja, ik weet nog wel wat, al ben ik al tachtig,' zei haar moeder.

'Drieëntachtig,' verbeterde hij.

'Wat zegt Maarten?' vroeg ze, zich tot Nicolien wendend.

'Dat u al drieëntachtig bent!'

'Ben ik al drieëntachtig?' vroeg ze verbaasd.

★

24 februari 1977

Die middag werkte hij thuis. Nicolien was naar haar moeder. Om half drie ging de telefoon.

'O, dag Maarten. Met moeder.'

'Dag moeder.'

'Ik bel je maar even, maar ik weet eigenlijk niet waarom.'

'Geeft u me dan Nicolien maar even.'

'Dat is goed. Dag.'

'Maarten wil je spreken,' hoorde hij haar zeggen.

'Dag,' zei Nicolien. 'Ik probeer moeder eraan te wennen dat er een 2 voor ons telefoonnummer is gekomen.'

'Helpen die briefjes dan niet, die ik gemaakt heb?'

'Die leest ze niet.'

'Eigenlijk zou zo'n telefoondienst daar rekening mee moeten houden.'

'Maar dat doen ze niet.'
'Ze denken er geen ogenblik aan dat ze zo'n oud mens volledig isoleren.'
'Wat ben je aan het doen?'
'Aan het werk. Dus ik leg weer neer?'
'Ja, dan laat ik haar opnieuw bellen.'
Hij legde neer en wachtte. Toen het stil bleef, herlas hij de laatste regels die hij geschreven had, begon weer te tikken, maar werd opnieuw onderbroken door de telefoon.
'Dag Maarten. Met moeder.'
'Dag moeder. Hoe gaat het?'
'Goed hoor.'
'Wat bent u aan het doen?'
'O, we zitten een beetje te zitten, hè? Je begrijpt het wel.'
'En nu belt u mij maar eens op.'
'Ja, ik dacht, ik zal je maar eens opbellen.'
'Om de gezelligheid te verhogen.'
'Ja, dat zeg je dan hè?'
'Ja, zo zeg je dat.'
'En gaat het met jou ook goed?'
'Heel goed. Ik ben aan het werk.'
'Zal ik dan nu maar weer neerleggen?'
'Doet u dat maar. Tot zo.'
'Dag Maarten.'
Hij legde de hoorn weer neer en probeerde zich opnieuw te concentreren. De telefoon ging. Hij nam op.
'O, dag Maarten. Ben je daar?'
'Ja, ik ben er nog.'
'Gelukkig.'
'Wat voor weer is het bij u?'
'Wel goed weer, geloof ik.'
'Niet koud?'
'Ja, ook wel een beetje koud.'
'En ook wel wat grijs.'
'Ja, grijs ook. Je weet eigenlijk niet hoe je het noemen moet.'
'Is Nicolien daar toevallig?'

'Ja, die is hier.'
'Geeft u haar dan maar even.'
'Maarten wil je spreken,' hoorde hij haar zeggen.
In de telefoon rommelde het een beetje. 'Dag,' zei Nicolien.
'Hoe gaat het nou?'
'Nog niet zo best.'
'Je zou haar eigenlijk moeten leren om het nummer vanaf die briefjes te lezen.'
'Laat mij nou maar zien hoe ik het doe. Bemoei jij je er nou maar niet mee,' zei ze geprikkeld.
'Natuurlijk.'
'Ik leg weer neer, hè?'
'Prima.' Hij legde de hoorn neer en boog zich over zijn werk tot de telefoon weer ging.

*

27 maart 1977
Na het eten zette hij zich, soezerig van de wijn, in de stoel van zijn schoonvader, terwijl Nicolien en haar moeder zich in de keuken terugtrokken. De kamer werd gelijkmatig maar spaarzaam verlicht door de op het plafond gerichte staande lamp. Vanwaar hij zat, kon hij achter de weerspiegeling in het raam vaag de daklijst en de bovenste ramen van de huizen aan de overkant van de straat zien. De vlammen in de gashaard flakkerden. De ketel op de haard suisde. Gedempt door de dichte deur klonken uit de keuken, onverstaanbaar, de stemmen van Nicolien en haar moeder. Hij sloot zijn ogen en soesde weg. Nicolien kwam met het blad de kamer in. 'Als jij het nou even wilt opruimen?' Op dat ogenblik ging de telefoon. Ze zette het blad op de kleine tafel en riep in de gang: 'Moeder! Mevrouw Baas!' Haar moeder kwam aandraven, liep de achterkamer in, zocht de telefoon. 'Nee, hier toch!' riep Nicolien. 'In de voorkamer toch?' Intussen rinkelde de telefoon. Haar moeder liep er in een drafje voorbij naar haar stoel, in de andere hoek van de kamer. 'Nee, hier! Hier toch?' riep

Nicolien. Ze nam de hoorn op en drukte die in de hand van haar moeder.
'Ja,' zei haar moeder hard in de microfoon met een wat hogere, klankloze stem. 'O nee, dat kan niet, want ik ben bij de kinderen.'
'Nee, u bent hier!' riep Nicolien.
'O, wacht even. Mijn dochter zegt dat ik hier ben. ... Ja, maar de kinderen zijn hier.'
'Maar we gaan direct weg!' riep Nicolien.
'O, ze gaan direct weg.'
'Om acht uur!'
'Om acht uur, zegt ze. Dus dan kan ik wel komen. ... Ja, ja, om acht uur dan maar, hè?'

Toen ze in de bus naar het station zaten, dacht hij aan dat incident terug.
'Wat lach je?' vroeg Nicolien.
'Om je moeder. Mijn dochter zegt dat ik hier ben.'
'Maar dat is toch helemaal niet om te lachen?'
'Het is toch ontzettend gek?'
'Het is toch verschrikkelijk triest? Dat was toch omdat ze volkomen in paniek was dat wij weggingen. En dan nog die verschrikkelijke mevrouw Baas, aan wie ze toch al zo'n hekel heeft.'
'Dat wist ik niet.'
'Daar heeft ze een verschrikkelijke hekel aan. Dat is toch helemaal geen mens voor mijn moeder? Met die harde stem!'
'Waarom gaat ze er dan op bezoek?'
'Omdat ze eenzaam is! Begrijp je dat dan niet? Uit eenzaamheid! En daar ga jij om zitten lachen!'
'Ik wist het niet.'
'Om te huilen is het.'
'Maar ook als het triest is, kun je er toch nog wel om moeten lachen?'
'Dat kun je niet! Dat is harteloos! Dan heb je geen gevoel!'
Hij zweeg.

'Ik vind het verschrikkelijk dat je erom lacht!'
Hij bleef zwijgen. Toen hij opzij keek, zag hij dat ze tranen in haar ogen had. 'Het spijt me,' zei hij, haar hand pakkend.
'Laat dat!' – ze rukte haar hand los. 'En nou zoete broodjes bakken, zeker!'
Hij wendde zijn hoofd af en keek naar buiten. Naast hem schommelde zijn gezicht mee op de bewegingen van de bus. Terugdenkend aan het incident had hij moeite zijn lachen in te houden, maar dit keer wist hij zich te beheersen.

★

12 augustus 1977
'Jullie gaan zeker met de tram?' zei hij toen ze het restaurant aan het einde van de Voorburgwal uitkwamen.
'Ja, natuurlijk,' zei Nicolien. 'Moeder heeft nu wel genoeg gelopen.'
'Dan ga ik wel lopen.'
'Als je dat leuker vindt...'
Hij stak zijn hand op. 'Tot zo.'
'Wat gaat Maarten doen?' hoorde hij zijn schoonmoeder vragen toen hij zich van hen verwijderde.
'Maarten gaat lopen,' antwoordde Nicolien.
Het was een zachte avond, na een regenbui, en het begon al te schemeren. Het was betrekkelijk stil, waarschijnlijk omdat veel mensen met vakantie waren. Vlak voor de Dam stond een rijtje trams, maar hij zag niet wat ze ophield. Toen hij de Lijnbaanssteeg bereikte, waren ze hem nog altijd niet gepasseerd. Thuisgekomen schoof hij het raam omhoog, zette hun stoelen aan weerszijden van de vensterbank, ging op de divan zitten en nam de krant. Het duurde lang voor hij de buitendeur hoorde en even later de voordeur en de snelle stappen van Nicolien door de gang. Ze kwam de kamer in. 'Is moeder er niet?' vroeg ze verschrikt.
'Moeder?' Aan haar ogen zag hij dat ze in paniek was. 'Die is toch bij jou?'

'Ik ben moeder kwijt!'
Even duizelde het hem. Hij legde langzaam zijn krant weg. 'Hoe kun je moeder nou kwijt zijn?'
'Omdat de tram wegreed toen ik in wou stappen! Wat moet ik doen? Ik ben radeloos!'
Hij stond op. 'Maar hoe kan de tram nou wegrijden?'
'Omdat mijn portemonnaie gerold werd! Maar wat doet dat er nou toe? Doe liever iets! Zeg wat we doen moeten!'
'Ik zal haar gaan zoeken,' zei hij, naar de deur lopend. 'Hoe ben je hiernaartoe gelopen?'
'Van het station. Ik dacht dat ze wel zou zijn doorgereden.'
'Bel jij dan de tram, misschien hebben ze haar daar gevonden.' Hij was al in de gang.
'En de politie? Moet ik de politie niet bellen?'
'Wacht daar nog maar even mee.' Hij opende de voordeur en haastte zich de trappen af. Lopend in de richting van de Voorburgwal overwoog hij de mogelijkheden. Als ze bij de Dam was uitgestapt, dan was ze waarschijnlijk teruggelopen naar het Spui en was onderweg door de tram met Nicolien erin gepasseerd. Ze kon ook hebben gewacht tot de Kolk, omdat ze daar altijd uitstapten, maar dan zou ze ook hun huis wel gevonden hebben. En de laatste mogelijkheid was dat ze in paniek was doorgereden naar het station en daar door de conducteur in de wagon was aangetroffen. Hij koos voor de eerste mogelijkheid en haastte zich de Voorburgwal af in de richting van het Spui, oplettend om zich heen en naar de overkant van de straat kijkend. Bij de halte gekomen waar ze waren ingestapt, liep hij nog even door naar het Spui en keek daar rond tot hij de zinloosheid daarvan inzag. Teruglopend in de richting van het station begon hij aan de onderneming te twijfelen. De mogelijkheid dat ze nu ergens ronddwaalde, maakte de stad luguber. De schemering was overgegaan in het donker. Bij een bank op de Postzegelmarkt hing een groepje Surinamers rond, waarschijnlijk junks. Even verder, tussen de Kolk en het station, zwierven wat haveloze mannen op een voor het overige vrijwel verlaten trottoir. Het was duidelijk dat zijn schoonmoeder

in deze omgeving kansloos was. Ongerust geworden liep hij nog door tot de Prins Hendrikkade en begreep toen dat langer zoeken geen zin had en dat het beter was de politie in te schakelen. Met dat voornemen haastte hij zich terug.
Toen hij de gang doorliep, kwamen vanuit de woonkamer stemmen. Hij duwde de deur open en trof daar Nicolien, zijn schoonmoeder en een onbekende man, die hij afgaande op zijn uiterlijk voor een rechercheur hield.
'Moeder is er al hoor,' zei Nicolien. 'Die meneer heeft haar gevonden.'
De man stond op. 'Misschien mag ik mij even voorstellen,' zei hij. 'De naam is Langeraad.' Een man in een onberispelijk grijs pak, met een pochette.
'Koning,' zei Maarten verbluft.
'Ik trof uw moeder bij een boom op de Westermarkt,' legde de man uit. 'En ik begreep dat er iets niet in orde was.'
'Die meneer zei: Gaat u maar met mij mee,' zei zijn schoonmoeder met een hoge stem.
'Ze wist gelukkig uw adres,' zei Langeraad. 'Anders zou ik hier niet zo gauw zijn geweest.'
'Knap hè, dat ze dat wist?' zei Nicolien.
'Die meneer zei dat ik hem maar een arm moest geven,' zei haar moeder.
'Het was zo donker,' legde Langeraad uit. 'Ik was bang dat ze zou vallen.'
'Maar gelukkig hebben we niemand gezien,' zei ze.
'Uw moeder was bang dat de buren er wat van zouden denken,' zei Langeraad glimlachend. Hij ging weer zitten.
'Wat een geluk dat u net langskwam,' zei Maarten, ook plaatsnemend.
'Ik had toevallig overgewerkt.'
'Wil jij ook een kop koffie?' vroeg Nicolien.
'Graag,' zei hij. Terwijl ze naar de keuken ging, kwam hij in de werkelijkheid terug. Hij begreep dat ze inderdaad bij de Dam was uitgestapt, maar in plaats van terug te lopen was overgestoken naar de Raadhuisstraat. Onbegrijpelijk hoe ze dat had klaargespeeld.

'Ik zou zeggen: Op de goede afloop dan maar,' zei Langeraad, zijn kopje even opheffend.

'Wat een keurige meneer was dat, hè?' zei zijn schoonmoeder toen hij Langeraad had uitgelaten en de kamer inkwam. 'Dat was zeker een vriend van jullie?'
'Dat was toch die meneer die u gevonden heeft?' zei Nicolien.
'Ja, ik dacht ook al.'
'Hij heeft u toch thuisgebracht omdat u de weg niet meer wist?'
'Ja, dat is ook zo. Eigenaardig hè, dat ik gearmd met die meneer over straat liep.' Ze moest er zelf om lachen.
'Hoe was dat nou met die portemonnaie?' vroeg hij.
'Die werd gerold toen ik wilde instappen. Ik heb hem toen teruggepakt, maar toen viel hij open en terwijl ik het geld opraapte, reed de tram weg. Een andere man, die net kwam aanlopen, heeft me nog geholpen.'
'Wat was dat voor man?'
'Een aardige man. Hij kreeg ook nog een stomp tegen zijn borst van die zakkenroller.'
'Ik bedoel die zakkenroller?'
Ze aarzelde. 'Dat zeg ik liever niet.'
Dat irriteerde hem. 'Wat is dat nou voor onzin.'
'Omdat iedereen dat natuurlijk meteen denkt.'
'Ik mag toch zeker wel weten wat voor man het was?'
Ze aarzelde opnieuw. 'Als je belooft dat je het aan niemand vertelt.'
Hij haalde zijn schouders op.
'Dat was een Surinamer.'
'Ik was ineens Niekewiekje kwijt,' zei haar moeder. 'En toen wist ik niet meer wat ik doen moest.'

*

14 december 1977
'Hier is moeder,' zei Nicolien vanuit de gang, ze schoof haar moeder in haar peignoir de kamer in. 'Roep je als ik binnen mag komen?'

'Nog even,' zei Maarten. 'Dag moeder.'
Zijn schoonmoeder was bij de deur blijven staan. 'Dag Maarten. Heb je goed geslapen?'
'Ja hoor. En u?' Hij zette de bloemen op de hoek van de ontbijttafel.
'Dank je.' Ze kwam aarzelend dichterbij en bleef staan bij de stoel van Nicolien, haar hand op de leuning. 'Zal ik hier maar gaan zitten?'
'Nee, nog even,' hij haalde de lucifers van de kleine tafel en stak de kaarsen aan.
'Kan ik al binnenkomen?' riep Nicolien vanuit de slaapkamer.
'Nog even,' hij keek snel de ontbijttafel over, pakte een boek van de kleine stapel die op de hoek van de tafel klaarlag en gaf dat aan zijn schoonmoeder. 'Dat is van u.'
'Krijg ik een cadeautje?' vroeg ze verrast.
'Ja, maar dat moet u weer aan Nicolien geven.'
'O ja.'
'Kom maar binnen!' riep hij.
Nicolien kwam met een verlegen gezicht de kamer in.
'Hoi!' zei hij.
Haar moeder stond er wat verdwaasd bij.
'Wat een mooie bloemen,' zei ze verlegen. 'Waar heb je die gekocht?'
'Op het Singel,' hij gaf haar een boek, 'en dit is van mij', en een plaat, 'en dit is van Marietje.'
'Maar dat is toch veel te veel?'
'En moeder heeft ook nog een cadeautje,' hij wendde zich tot zijn schoonmoeder. 'Uw cadeautje, moeder.'
'Is het dan niet voor mij?'
'Nee, dit cadeautje is voor Nicolien.'
'En moet ik dat dan geven?'
'Ja, dat moet u geven.'
Ze gaf het boek aan Nicolien. 'Ik weet wel niet waarvoor het is, kind, maar het zal wel goed zijn.'
'Dank u wel,' zei Nicolien. Ze gaf haar een zoen en begon haar cadeautjes uit te pakken.

Maarten keek toe.
'Zal ik hier dan maar gaan zitten?' vroeg haar moeder, ze trok aan de stoel van Nicolien.
'Nee, hier moet u zitten,' zei hij, haar stoel onder de tafel uit trekkend.
'O, moet ik daar gaan zitten?' zei ze verbaasd, alsof dat voor het eerst was.

Na de afwas zat hij met zijn schoonmoeder in de kamer terwijl Nicolien in de keuken koffiezette. Ze had de krant op schoot genomen en bekeek de voorpagina. 'Ik zie hier,' zei ze, opkijkend, 'veertien december', ze hield haar vinger bij de datum.
'Ja,' zei hij.
'Maar dan is het kind toch jarig?'
'Ja.'
'En ik heb haar niet eens een cadeautje gegeven.'
'U hebt haar wel een cadeautje gegeven.'
'Wanneer dan?'
'Vanochtend.'
Ze keek hem verbijsterd aan. 'Heb ik haar een cadeautje gegeven? Daar weet ik niks meer van.'
'Ja hoor.'
'En heb ik haar dan ook gefeliciteerd?'
'Ook.'
Ze schudde haar hoofd, gedesoriënteerd, keek om omdat Nicolien de kamer inkwam en stond op. 'Ik hoor dat je jarig bent,' zei ze hulpeloos.
'Dat wist u toch wel?' Ze zette de koffie op de kleine tafel.
'En ik heb je niet eens een zoen gegeven.'
'U hebt me wel een zoen gegeven.'
'Nee, ik heb je geen zoen gegeven,' ze begon te huilen, pakte Nicolien vast en gaf haar onhandig een zoen. 'Ik heb je geen zoen gegeven.'
'U hebt me wel een zoen gegeven,' zei Nicolien, wanhopig wordend.
'Nee,' ze ging huilend weer zitten. 'Dat je niet eens meer weet dat je eigen kind jarig is.'

Nicolien en Maarten keken verlegen toe, niet goed wetend wat ze er mee aan moesten. Maarten boog zich naar haar toe en pakte haar hand. 'U hebt haar zelfs nog een cadeautje gegeven. U bent het alleen vergeten.'
Ze schudde snikkend haar hoofd, te verstikt om te antwoorden.

*

29 mei 1978
Hij stond zich in te zepen toen de deur van de badcel werd opengerukt. 'Moeder is weg!' zei ze panisch. Hij had een paar tellen nodig om het bericht te verwerken, haar aankijkend. 'Ze is weg! Het kamertje is leeg!' Met één beweging haalde hij het washandje over zijn gezicht en volgde haar de gang in, het portaal op. De deur van de kleine kamer stond wijdopen, het bed lag opengeslagen. 'Wat moeten we nou doen?' zei ze radeloos. 'Waar kan ze zijn? Ze kan wel in de gracht zijn gelopen!'
'Ik zal gaan zoeken,' zei hij, zich omkerend. 'Terug jullie!' zei hij tegen de katten, die nieuwsgierig achter de voordeur stonden, bukte zich, duwde Jozefien, die vooraan stond, terug en liep haastig door naar de slaapkamer. Terwijl hij zijn kamerjas uitgooide en zijn onderbroek aantrok, hoorde hij haar door de gang naar de voorkamer lopen. Het raam werd opengeschoven. Hij trok zijn overhemd aan. 'Daar loopt ze!' hoorde hij haar roepen. 'Kom eens! Kom eens gauw!' Met zijn overhemd half dicht rende hij naar de voorkamer. Ze hing uit het raam. 'Mevrouw!' riep ze. 'Dat is mijn moeder! Ik kom!' Ze trok zich terug, hij boog zich op zijn beurt naar buiten. 'Ik ga haar wel halen,' zei ze achter hem, naar de deur lopend. 'Houd jij haar even in de gaten!' Zijn schoonmoeder stond in haar pyjama op de hoek van de Herenstraat met een vrouw van hun leeftijd te praten. De vrouw nam haar bij de arm en wees in zijn richting. Beneden hem sloeg de buitendeur dicht, Nicolien haastte zich het bordes af en rende haar tegemoet. Hij zag haar lachen en

praten tegen de onbekende vrouw, nog eens knikken en lachen, waarna ze haar moeder bij de arm nam en langzaam met haar terugkwam. Hij volgde hen vanboven tot ze het huis in waren, schoof het raam dicht en liep naar de voordeur. 'Wat toevallig hè, dat ik je net zag,' hoorde hij zijn schoonmoeder op de trap zeggen. 'Ik dacht al, waar zou je toch zijn.' – 'Maar u was toch bij ons?' ze kwamen om de bocht in de trap. – 'Was ik bij jullie?' – 'Natuurlijk. U was gewoon in het kamertje, waar u altijd bent.'

'Dag moeder,' zei hij. 'Goeiemorgen.'

Ze keek op. 'Hé, dag Maarten. Ben jij hier ook?'

'Ik ben hier ook.'

'Wat toevallig.'

'Heel toevallig.'

'En hier is uw kamertje, ziet u wel?' zei Nicolien. Ze ging met haar moeder het kamertje binnen.

Hij ging de badcel weer in en begon zich opnieuw in te zepen. Terwijl hij daar stond, hoorde hij hen in het kamertje, aan de andere kant van de lichtschacht, praten. Even later ging de deur van de badcel opnieuw open. 'Hoe vind je nou zoiets,' zei ze. 'Ze dacht dat ze ergens anders was.'

'Gelukkig dat die vrouw haar opving.'

'Die vroeg waar ze naartoe ging en toen zei ze dat ze haar dochter zocht en dat die in Amsterdam woonde.'

'Wat gek.'

'Dat is niet gek! Dat is beangstigend! Straks herkent ze haar eigen huis niet meer. Je vraagt je af of we nog wel met vakantie kunnen.'

'Zo'n vaart zal dat wel niet lopen,' meende hij.

*

20 juli 1978

Het was volop zomer. Hij was alleen op zijn kamer, met de ramen wijdopen. Juist toen hij naar beneden wilde gaan, voor een tweede kop koffie, ging de telefoon. Hij nam de hoorn op. 'Met Koning.'

'Dag. Ik ben in het ziekenhuis. Ze zijn bezig moeder te onderzoeken.'
'Wat is er dan met moeder?'
'Ze lag op straat.'
'Op straat?'
'Toen ik kwam, was ze er niet, en toen ik haar ging zoeken, lag ze op straat, met allemaal mensen om zich heen. Ze hadden de ambulance al gebeld, maar ik denk niet dat ze wat heeft.'
'Is ze in de war?'
'Dat niet, maar ik geloof dat ze er niet veel van begrijpt.'
'En nu?'
'Nu denk ik dat ik vanavond maar blijf en dan maar eens kijken. Als ze niets heeft natuurlijk, maar anders zal ik ook wel moeten blijven.'
'Ik begrijp het.'
'Ben je alleen?'
'Ja, Ad en Bart zijn er niet.'
'Ik bel nog wel.'
'Goed. Ik zie wel. Sterkte.'

*

21 juli 1978
Hij wachtte haar op op het perron. 'Hoe is het nou?' vroeg hij toen ze de trap afgingen.
'Hopeloos natuurlijk.'
Ze zwegen tot ze buiten waren.
'De huisarts vindt het niet verantwoord dat ze nog langer in haar huis blijft.'
'Dat vinden dokters altijd. Die zijn bang voor de verantwoordelijkheid.'
'En ik heb de indruk dat ze ook niet meer voor zichzelf zorgt. Er stond een pan met beschimmeld eten en van een andere pan was de bodem doorgebrand. Ik denk dat ze niet meer met het gas overweg kan.'
'Wat zegt mevrouw Peereboom ervan?'

'Mevrouw Peereboom kan natuurlijk ook niet alles. Die komt wel af en toe kijken, maar die kan niet voor haar zorgen natuurlijk.'
'Nee.'
'Bij de bakker zeiden ze dat ze soms wel drie keer op een dag een brood haalt. En ze schijnt ook geld te verliezen, want haar portemonnaie was helemaal leeg, terwijl ik er vorige week nog honderd gulden in heb gedaan.'
Hij zweeg, niet in staat om zo gauw op deze onheilstijdingen te reageren.
'Dus nu heb ik maar opgebeld. Volgende week komt er een maatschappelijk werkster om te kijken of ze in aanmerking komt voor een verpleeghuis.'
Hij keek naar haar. Ze had tranen in haar ogen. Hij pakte haar hand.
Ze keek hem aan. 'Kunnen we haar niet in huis nemen?'
'Dat is toch uitgesloten?'
'Ze heeft haar moeder toch ook in huis gehad?'
'Ja, tot die ook naar een verpleeghuis moest.'
'Maar ze kan toch in het kleine kamertje?'
'Daar loopt ze toch uit weg?'
'Maar je hebt nu toch een alarmbel aangelegd?'
'Het gaat erom dat ze daar bang wordt. In ons huis is ze ook bang als wij er niet zijn. Je zou dag en nacht bij haar moeten blijven.'
'En als wij dan bij haar in huis gaan? Dat kan toch ook?'
Hij schudde zijn hoofd.
'Waarom kan dat niet?'
'Ik kan toch niet elke dag vier uur heen en weer reizen naar mijn werk?'
'Er zijn toch wel meer mensen die dat doen?'
Hij zweeg.
'Er zijn toch wel meer mensen die dat doen?' herhaalde ze.
'En jij kunt het ook niet. Je hebt al hoofdpijn als ze een uur in huis is.'
Ze gaf daar geen antwoord op.

Hij legde zijn arm om haar schouders. 'Er is echt niets aan te doen.'
'Ik ben zo verdrietig,' zei ze half huilend. 'Het is toch mijn moeder?'

*

14 augustus 1978
'De taxi komt eraan,' zei ze, de hoorn neerleggend. 'Neem jij moeders koffer?'
'Wat gaan we doen?' vroeg haar moeder.
'U gaat ergens logeren,' zei Nicolien.
'En kom ik hier dan ook weer terug?'
'Ja, zodra u weer helemaal voor uzelf kunt zorgen.'
Hij stond met haar koffer bij de voordeur en wachtte tot Nicolien haar moeder in haar jas geholpen had.
'Ja, ik weet het niet allemaal zo goed meer,' zei haar moeder, 'maar als jullie het zeggen zal het wel goed zijn.'
'Dan is het goed,' verzekerde hij.
'Heb ik nu alles?' vroeg Nicolien zenuwachtig.
'We komen hier toch straks nog terug?' zei hij.
'Ja, maar de papieren?'
'De papieren zitten in de tas.'
'Waar gaan we nou naartoe?' vroeg haar moeder.
'Ergens waar u een tijdje gaat logeren.'
'O ja.'
Hij opende de deur. 'Jij hebt de sleutel?'
'Ja,' zei ze.
Hij liep voor hen uit de trap af en keek omhoog terwijl ze langzaam naar beneden schoven, zijn schoonmoeder ondersteund door Nicolien en met haar andere hand aan de leuning. Toen ze bijna beneden waren, reed de taxi voor. 'Daar is de taxi al,' waarschuwde hij.
Terwijl Nicolien haar moeder de taxi in hielp, zette hij zich naast de chauffeur. 'Verpleeghuis Sammersbrug,' zei hij. Hij draaide zich om. 'Zit u goed?' vroeg hij. Ze reden langzaam

weg. Zijn schoonmoeder hoorde hem niet. Ze keek omhoog naar haar huis en lichtte heel eventjes haar hand op. 'Dag huisje,' zei ze zachtjes.

'Komt u een poosje bij ons wonen?' vroeg de vrouw die hen opving.
'Ik weet het niet goed meer,' antwoordde zijn schoonmoeder. 'Ik ben al oud.'
'Ja, maar dat hindert niets. Dat zijn we wel gewend.' Ze bracht hen naar een klein, met glas afgeschoten kantoortje op de begane grond.
'Er zijn nog een paar formulieren die u moet ondertekenen,' zei de vrouw tegen Nicolien toen ze waren gaan zitten. Ze schoof ze haar toe.
'We zijn van plan om het huis van mijn moeder nog aan te houden,' zei Nicolien toen ze haar handtekening had gezet, 'zodat ik er af en toe met haar naartoe kan. Ze mag toch ook wel blijven logeren?'
De vrouw keek bedenkelijk. 'Daarvoor moet u wel toestemming hebben. En de eerste drie weken mag ze in ieder geval geen bezoek ontvangen, want anders went ze niet.'
'En als ze nou niet went? Mag ze dan niet terug?'
'Laten we daar nou maar niet van uitgaan,' zei de vrouw. 'Onze ervaring is dat de meeste bewoners zich hier heel snel op hun gemak voelen.'
Nicolien zweeg.
'Zal ik u dan laten zien waar ze komt te liggen en waar de huiskamer is?' vroeg de vrouw. Ze stond op.
Nicolien keek naar hem. 'Blijf jij hier dan wachten?'
'Ik wacht wel,' antwoordde hij.
Hij keek ze na terwijl ze zich door de gang verwijderden, Nicolien met de koffer van haar moeder aan haar hand, de vrouw met de tas.
'Ik geloof dat ik toch maar liever bij mijn kinderen blijf,' hoorde hij zijn schoonmoeder nog zeggen.
Het duurde lang voor Nicolien terugkwam. De ruimte waar-

in hij zat was steriel, op een rijtje ansichtkaarten na, die achter het bureautje met cellotape tegen de muur waren geplakt, afbeeldingen van gebouwen en verre stranden. Vanuit het tehuis kwamen geen geluiden, alsof het hermetisch van de buitenwereld was afgesloten. Alleen op de gang was enig leven. Toen hij haar voetstappen dichterbij hoorde komen, stond hij op. Ze zag er afwezig en verslagen uit. Ze liepen de gang uit, knikten tegen de vrouw achter de balie en gingen de draaideur door.
'Hoe was het?' vroeg hij toen ze buiten waren.
'Verschrikkelijk natuurlijk.' Ze had tranen in haar ogen. 'Ze begon te huilen toen ik wegging.' Ze huilde nu ook. 'Ik voelde me zo'n verraadster.'
Hij pakte haar hand. 'Kom.' Hij wilde nog iets zeggen, maar zijn keel was toegeknepen.

*

30 december 1978
'Je gaat toch zeker niet zitten tikken?' zei Nicolien verontwaardigd. Ze was de kamer binnengekomen en bleef bij de deur staan.
'Even,' verontschuldigde hij zich.
'Nu moeder er is?'
'Het zit nu in mijn hoofd.'
'Maar dan kun je er toch wel even mee wachten?'
'Nee, dat kan ik nou juist niet, want het is moeilijk.'
'Wat is het dan?'
'Een bespreking van het handboek van Seiner en Güntermann.'
'Een bespreking?' – haar stem ging de hoogte in van verontwaardiging, 'terwijl moeder hier is?'
'Maar ik heb het ontzettend druk op het ogenblik,' hij voelde zich schuldig.
'Het lijkt wel of je gek geworden bent! Een bespreking! Voor het Bureau! In je vrije tijd! In plaats van dat je er gezellig bij komt zitten! Ik wist niet wat ik hoorde! Een bespreking! Als ze je dat twintig jaar geleden verteld hadden, dan zou je je rot

gelachen hebben. Hoor je me? Je zou je rot gelachen hebben!'
'Ik lach me niet rot,' zei hij gemelijk. Hij stond op.
'Nou, en ik ook niet!' zei ze kwaad. 'Ik kan eerder wel huilen!'
Ze liep de kamer weer uit, terug naar de keuken.
Hij ging op de divan zitten en pakte zijn pijp. Zijn schoonmoeder zat wezenloos in haar stoel onder de lamp. Ze plukte nerveus aan haar rok alsof daar een pluisje zat dat ze eraf wilde hebben. Hij stopte zijn pijp en duwde de tabak aan met zijn duim. Terwijl hij daarmee bezig was, keek hij af en toe onderzoekend naar haar met een gevoel van mededogen. 'Heil!' zei hij.
Ze reageerde niet.
'Hoe zou het met die man gaan?' vroeg hij. Vroeger zou zij dat gezegd hebben. Nu bleef ze aan haar rok plukken, alsof hij niet in de kamer was. Hij zoog de vlam door de tabak, legde de lucifer in de asbak en liet zich terugzakken in de kussens. Onwillekeurig gingen zijn gedachten terug naar de bespreking. Hij dacht er enige tijd intensief over na, stond toen op, liep naar zijn bureau, nam het blad dat naast zijn machine lag op en las de laatste alinea over. Terwijl hij daarmee bezig was, hoorde hij Nicolien door de gang aankomen. Hij wendde zich af en nam weer plaats op de divan. Ze kwam met de theepot de kamer in. 'Heb je nu niet eens voor moeder een plaat opgezet?' vroeg ze ontstemd.
'Wat voor plaat moet ik dan opzetten?' vroeg hij schuldig.
'Dat weet je toch wel? Je weet toch wel wat moeder mooi vindt?'
Hij stond op. 'De impromptu's?'
'Dat hoef ik toch niet te zeggen?' zei ze kregelig. Ze ging zitten.
'Daar ben ik weer,' zei ze tegen haar moeder. 'Hoe gaat het nu?'
Haar moeder keek op. 'Dank u wel,' zei ze beleefd, met een hoge, wat schelle stem, 'maar ik wou nu toch weer graag naar mijn kinderen toe.'
'Maar u bent toch bij uw kinderen?'
Haar moeder keek haar verdwaasd aan. 'Ben ik bij mijn kinderen?'
'Wij zijn toch uw kinderen?'

'Zijn jullie mijn kinderen?' vroeg ze ongelovig.
Nicolien draaide zich naar hem om. 'Moeder denkt dat we haar kinderen niet zijn,' zei ze wanhopig.
'Wij zijn uw kinderen!' zei hij met nadruk.
Zijn schoonmoeder schudde haar hoofd. 'Ik ben geloof ik helemaal in de war. Ik zie ze vliegen.'
'Anders zou u hier toch ook niet zijn?' zei Nicolien.
'Nee, als u dat zegt, dan zal dat wel zo zijn.'
'Wat moeten we daar nou mee?' zei Nicolien radeloos. 'Zeg nou eens wat!'
'Ik zal een plaat opzetten,' zei hij, 'dan herinnert ze het zich wel weer.' Hij zakte op zijn hurken voor de platenkast en zocht de plaat met de impromptu's.
'Ben ik dan in Amsterdam?' vroeg zijn schoonmoeder ongelovig aan Nicolien.

*

9 februari 1980
Op het Rijswijkseplein wachtten ze op lijn 16. Het was onbewolkt, voor het eerst sinds weken, een vroege lentedag. De tram schommelde door het Laakkwartier en Spoorwijk, door de straten die hij nog van vroeger kende, voor de oorlog, toen hij als jongen op de fiets de stad verkende. Die herinnering wekte een vaag heimwee, alsof hij terugkeek op zijn leven, een leven dat onherroepelijk voorbij was. Het bracht hem in een afwezige, dromerige stemming.
Aan het eindpunt stapten ze uit in een nieuwe buurt, aan de rand van de stad. Daarachter lagen landjes met half ingestorte kassen. In die verkommerde ruimte lag het verpleeghuis, van de buurt gescheiden door een brede straat en een smalle reep schooltuintjes, veilig achter een hoog hek. Ze wachtten in de hal tot ze naar binnen mochten. De hal vulde zich met bezoekers, voor het merendeel mensen die elkaar kenden en groetten, maar elkaar onmiddellijk vergaten zodra de glazen klapdeuren werden opengezet en allemaal probeerden om zo snel

mogelijk naar binnen te komen en als eerste bij de liften te zijn, een dichte drom beheerst naar voren dringende mensen die zich vijf, zes man breed door de gang spoedde, langs de bank waarop onveranderlijk dezelfde oude man hen opwachtte, pet op, stok bij de hand. De mensen voor hen groetten hem in het voorbijgaan. Nicolien groette hem ook, Maarten zo'n beetje. 'Heet die man Jaap?' vroeg hij geamuseerd terwijl ze met enkele anderen de trap opklommen naar de eerste verdieping. 'Ja,' zei ze. Haar gezicht was afwezig, gespannen. Ze liep een stap voor hem uit, gehaast, om zo snel mogelijk bij haar moeder te zijn. Hij volgde haar, nieuwsgierig om zich heen kijkend, ving de deur op die een man voor hen openhield en liep achter haar aan door een lange gang waaraan achter glazen wanden de huiskamers van de bewoners lagen. Het was er oververhit en er hing een benauwde lucht van urine, fecaliën en lysol, wat hem het gevoel gaf of zijn adem werd afgesneden. 'Daar zit ze,' zei Nicolien nog voor hij haar zelf in de gaten had. Ze zat naast een andere oude vrouw, haar armen op de leuningen van haar stoel, wezenloos voor zich uit kijkend. Ook toen Nicolien zich naar voren boog en haar gezicht vlak voor het hare bracht, merkte ze haar niet dadelijk op. 'Daar ben ik,' zei Nicolien vrolijk. Haar moeder schrok op, meteen daarna herkende ze haar.
'O, ben je daar? Mag ik mee?'
'We komen u opzoeken. Kijk eens wie daar is?'
'Dag moeder.' Hij boog zich naar haar over en gaf haar een zoen.
'Komen jullie me halen?' vroeg zijn schoonmoeder.
'We gaan een taartje eten,' zei Nicolien opgeruimd, 'en een glaasje! Kom maar!' – ze pakte haar moeder bij de arm. 'Help jij ook even?' – in haar stem was een bedwongen irritatie.
Ze namen haar moeder tussen zich in en leidden haar voetje voor voetje naar de lift, die hen naar het café op de derde verdieping bracht. Ze vonden een plaatsje aan een tafel bij het raam met uitzicht op de schoorstenen van het ketelhuis en wat meer naar rechts op het land met de ingestorte kassen.
'Hoe gaat het nu met u?' vroeg hij, terwijl Nicolien thee en taartjes haalde.

'Goed hoor,' zei ze afwezig.
De zaal vulde zich langzaam met oude, versleten mensen, die door hun familieleden, de meesten van zijn leeftijd, werden ondersteund en naar een stoel gesleept. Naarmate er meer binnenkwamen werd het steeds rumoeriger. Achter zijn schoonmoeder zat een oude man wezenloos voor zich uit te kijken. Elke minuut stootte hij dezelfde toonloze, onbegrijpelijke zin uit. Zijn niet veel jongere verwanten, een vrouw en een man, zaten er troosteloos bij. De vrouw stond op. 'Jij ook een biertje?' vroeg ze aan de man. Maarten vroeg zich af wat voor verhouding er tussen hen was en kwam tot de conclusie dat het de broer van de man moest zijn. In ieder geval leek hem dat de meest bevredigende veronderstelling.
'Zo!' zei Nicolien. Ze zette een blad met drie kopjes thee en drie gebakjes tussen hen in. 'Ik heb voor jou ook maar een kwarkpunt genomen. Kijk eens moeder! Een morekop! Daar houdt u toch zo van?'
'Is dat voor mij?' vroeg haar moeder. Ze strekte haar hand uit.
'Maar dan zal ik u wel eerst een servetje voordoen.' Ze duwde een papieren servetje in de blouse van haar moeder. 'Zie je die vrouw daar achter me?' zei ze tegen Maarten. In het rumoer had hij moeite haar te verstaan. Achter haar zat aan een tafeltje alleen een echtpaar. De man zag eruit als een nette ambtenaar. Hij droeg een keurig pak en een zware bril. Een bijziende man. De vrouw had hem een servetje om geknoopt, dat ze kennelijk zelf had meegebracht, en voerde hem een advocaatje. Ze zeiden niets tegen elkaar. 'Die vrouw komt hier elke dag,' zei Nicolien. 'Die man kan niet meer praten en hij begrijpt niets meer. Maar het blijft mijn man, zegt ze. Vind je dat niet geweldig?' – haar stem ging omhoog.
'Ja.' Het ontroerde hem.
'Wacht maar even, ik zal u wel even helpen,' zei Nicolien tegen haar moeder, die vergeefs probeerde om de morekop in zijn geheel in haar mond te steken.
Hij keek toe terwijl Nicolien met een vorkje een stuk van de morekop afstak en in de mond van haar moeder stopte.

De vrouw naast hen had de biertjes gehaald. De oude man trok zijn glas met een ruk naar zich toe en dronk het gulzig op, in twee, drie teugen, zonder aandacht aan zijn bezoek te besteden. Aan een ander tafeltje, vlak bij het hunne, zo dichtbij dat de stoelen elkaar raakten, had een wat groter gezelschap plaatsgenomen rond een oude vrouw. De leden van het gezelschap onderhielden zich met elkaar, de oude vrouw zat er wat verloren bij. Ze keek naar hen, eerst naar Nicolien en toen naar zijn schoonmoeder, die zich met open mond liet voeren. Blijkbaar herkende zij haar want ze trok haar aan haar mouw zonder zich van het voeren iets aan te trekken.
'Ja?' zei zijn schoonmoeder werktuiglijk.
'Wie is dat?' vroeg de vrouw, op Nicolien wijzend.
Nu pas scheen zijn schoonmoeder in de gaten te hebben waar dat getrek vandaan kwam. Ze keek naar de vrouw en toen opzij naar Nicolien. 'Dat is de dokter,' zei ze met een hoge, schelle stem, 'of nee', ze keek nog eens, haar vergissing bemerkend, 'dat is mijn zoon.'
'Ja, zang!' zei de vrouw, ze begreep het, 'van de Jehova's getuigen!'
Het rumoer in de zaal werkte verdovend. Hij keek om zich heen. Het zonlicht viel door de hoge ramen naar binnen, over de kleurige, kleurloze groep vreugdeloze mensen.
'Weet u nou nog waar u gewoond hebt?' vroeg Nicolien.
'O jawel hoor.'
'Waar was dat dan?'
Haar moeder dacht ingespannen na. Ze schudde haar hoofd.
'Ik weet het niet meer. Zeg jij het maar.'
'In de Amandelstraat!'
'O ja.'
'En het nummer?'
Ze dacht opnieuw na, vergeefs.
'Negenendertig!'
'O ja, negenendertig.'
'Amandelstraat negenendertig!'

'Hoe kan ik dat nou vergeten?'
De vrouw van het biertje had nog een advocaatje met slagroom gehaald. De oude man probeerde met een bevende hand een lepel slagroom naar zijn mond te brengen, miste het doel en morste het grootste deel op zijn das. De vrouw haalde het er met een papieren servetje af en voerde de rest. Hij liet zich voeren als een vogel, zijn smalle gezicht opgeheven, zijn mond open naar het lepeltje.
'Zal ik ook nog een advocaatje voor moeder halen?' vroeg Nicolien.
'Ja,' zei hij.
'Jij niet?'
Hij schudde zijn hoofd.
Ze stond op en liep naar het buffet.
Hij keek naar zijn schoonmoeder. Ze zat er wat verwezen bij, frommelend aan een servetje. 'Dag Jansen,' zei hij.
Ze keek hem aan zonder te reageren.
'Hoe gaat het nu?'
'Goed,' zei ze werktuiglijk.
'Weet u nog van toen?'
Ze schudde haar hoofd. 'Nee, dat weet ik niet meer.'
'Tien!' probeerde hij.
Ze keek hem niet-begrijpend aan.
'Tien, dat zijn mijn kinderjaren! Twintig?'
Ze schudde haar hoofd.
'U weet het wel! Denk nog maar even na!'
'Twintig moet ik zijn getrouwd.'
'Twintig ga ik aan het paren!'
'O ja.'
'Dertig?'
'Moet ik zijn getrouwd.'
'Ja! Meesterlijk! Zie je wel dat u het nog weet?'
Nicolien zette twee advocaatjes op tafel. 'Zullen we direct nog even met moeder gaan wandelen?' stelde ze voor. 'Ik vind het hier zo benauwd.'

Ze namen haar weer mee naar beneden, trokken haar winterjas aan en wandelden met haar op de straat heen en weer langs het watertje waarachter de weilanden en kassen begonnen. Het weiland zag er verfomfaaid uit. De kassen waren verwaarloosd en half ingezakt. Tussen de kassen liepen twee gastarbeiders. Op de stoep zat een man naast zijn auto twee wieldoppen zwart te verven.

'Wat zijn dat?' vroeg zijn schoonmoeder.

'Autowielen,' antwoordde Nicolien.

De man keek op. 'Ja,' zei hij.

'En weet u nou nog waar u vroeger woonde?' vroeg Nicolien.

'Nee, dat weet ik niet.'

'Amandelstraat negenendertig.'

'O ja, hoe kan ik dat nou vergeten.'

De wandeling vermoeide haar. Ze zakte tussen hen in door haar knieën en liet zich half slepen, met haar hoofd naar beneden. Ze brachten haar terug naar het café, waar het tegen het eind van de middag al veel leger was geworden. Nicolien haalde nog een advocaatje. 'En weet u nou nog waar u vroeger woonde?' vroeg ze toen ze het lepeltje voor haar mond hield.

'Amandelstraat negenendertig,' zei haar moeder met haar blik op de advocaat gericht.

'Hoi! hoi!' riep Maarten.

'Ziet u nou wel dat u het wel weet?' zei Nicolien verheugd.

'Maar mijn handen zijn ook zo stijf,' zei ze.

Maarten nam haar handen in de zijne en keek naar haar vingers: witte, wat brede vingers, heel anders dan de handen van Nicolien. 'Ze zijn nog dezelfde,' zei hij, 'gewone handen.'

'O ja?' zei ze verheugd. 'O kind!'

Ze brachten haar terug naar de huiskamer en zetten haar in een stoel naast de oude vrouw naast wie ze meestal zat. Nicolien boog zich naar haar over. 'Vond u het fijn?' Ze gaf haar een zoen.

'Ja, ik vond het fijn.'

'En niet huilen hoor, want we komen gauw weer terug. Zult u niet huilen?'

'Nee hoor kind.' Ze huilde dit keer niet.
Toen ze vanaf de gang door het raam naar haar wuifden, zag ze hen al niet meer. Ze keek voor zich uit, verzonken in haar vage gedachten. Waarschijnlijk was ze al vergeten dat ze geweest waren.

*

27 februari 1980
Hij tikte op het raampje en wachtte. Binnen werd de deur van de kamer geopend en daarna de voordeur. 'Ben je daar?' zei ze.
Hij gaf haar een zoen. 'Schiet het op?'
'Ik ben bijna klaar.'
De vloerkleden lagen opgerold in de gang. De kapstok was al door de verhuizer meegenomen. Hij legde zijn jas op haar bed in het zijkamertje en ging de woonkamer binnen. Op twee stoelen na en een doos, waarover ze een kleedje had gelegd, was de kamer ontmanteld. De bank was al door de antiekveiling weggehaald. De schemerlamp en de lamp boven de plek waar de ronde tafel had gestaan waren weg, de muren en de schoorsteenmantel kaal. Waar het buffet had gestaan stonden een aantal verhuisdozen opgestapeld.
'Morgen komt de gewone veiling,' zei ze. 'Als jij straks als je weggaat de vloerkleden aan de stoeprand wilt leggen, want dat kan ik niet.'
Hij knikte en ging zitten.
'Wil je een borrel?' vroeg ze.
'Heb je die nog?'
'Je denkt toch niet dat ik zonder borrel kan?'
Terwijl ze naar de keuken was, keek hij om zich heen. Hoewel de kamer volledig ontluisterd was, had hij door de paar dingen die waren achtergebleven toch nog iets van zijn karakter behouden, als een oud mens.
'Misschien wil je straks ook nog even de lamp in de gang losmaken?' vroeg ze, de kamer weer inkomend. 'Want dat durfde ik niet. En het naamplaatje kan ik er niet afhalen. Misschien wil jíj dat doen?'

'Ik zal het doen.' Hij nam de fles van haar over en schonk hun glazen in. 'Het was zeker vervelend?' zei hij.
'Ja,' zei ze. 'Het was heel moeilijk.'

Ze aten bij een kaars. Toen het geleidelijk donker werd, leek het net of de kamer nog eenmaal, voor de laatste keer, tot leven kwam. Vanwaar hij zat kon hij de daken van de huizen aan de overkant zien en hij verbeeldde zich dat het nog net zo was als het altijd was geweest, vanaf het eerste ogenblik dat hij gekomen was, 36 jaar geleden.

*

28 februari 1980
Zodra de buitendeur in het slot viel en hij haar voetstappen in de benedengang hoorde, liep hij haar tegemoet en wachtte haar op in de deuropening. 'Geef maar,' zei hij, de tas van haar overnemend. Hij was loodzwaar.
'Pas op, hoor,' waarschuwde ze. 'Er zitten nog een paar borden en wat glaswerk in.' Ze hing haar jas aan de kapstok en begroette de katten.
Hij volgde haar naar de kamer. 'Wil je nog thee?' vroeg hij.
'Liever straks een borrel.' Ze zette zich in haar stoel.
Hij ging op de divan zitten. 'Was het nog veel?'
'Die man van gas en elektra kwam pas om twee uur en toen moest ik de sleutel nog wegbrengen.'
Hij knikte.
'Ik heb de gordijnen maar laten hangen. Misschien dat de volgende mensen er nog wat aan hebben. En wat ik met de kolen in het kolenhok moest doen, wist ik niet.'
'Die zal niemand meer kunnen gebruiken.'
'Nee, maar je kunt ze toch ook niet weggooien?'
Hij schudde zijn hoofd.
Het was enige tijd stil.
'Te bedenken dat het meer dan veertig jaar mijn huis is geweest,' zei ze. 'En nu is het weg.' Ze had tranen in haar ogen. 'Nu heb ik geen huis meer.'

Hij stond op, hurkte naast haar stoel en pakte haar hand. 'Je hebt toch nog een huis?'
Ze schudde heftig haar hoofd en begon te huilen. 'Ik stond voor de deur en ik kon hem niet dichttrekken. Ik ben nog één keer naar binnen gegaan om afscheid te nemen. Het was verschrikkelijk. Ik ben zo verschrikkelijk verdrietig.'

*

9 maart 1980
Hij was bezig met de bespreking van een Oostenrijkse atlas van volkscultuur toen hij voor het huis een auto hoorde stoppen. De auto bleef met draaiende motor staan, een portier werd geopend. Hij stond op, liep naar het raam en zag nog juist, met zijn voorhoofd tegen de ruit gedrukt, hoe zijn schoonmoeder door de taxichauffeur en Nicolien uit de taxi werd geholpen. Hij wendde zich af, rende in looppas de gang door, de trappen af, opende de voordeur en zette hem op de haak. De chauffeur laadde juist een ingeklapte rolstoel uit de achterbak, Nicolien stond erbij, haar portemonnaie in haar hand, zijn schoonmoeder keek verdwaasd voor zich uit, hulpeloos. 'Dag moeder,' zei hij. 'Wel gefeliciteerd.' Hij gaf haar een zoen.
'Ben jij hier ook?' vroeg ze verbaasd.
'Ik ben hier ook.'
'Ja, ik weet wel niet waar ik ben, maar het zal wel goed zijn, hè?'
'Het is goed,' stelde hij haar gerust. 'Geeft u maar,' zei hij tegen de chauffeur. Hij nam de rolstoel van hem over en wachtte bij zijn schoonmoeder terwijl Nicolien afrekende.
'Hartstikke bedankt en prettige dag nog,' zei de man. Hij stapte in, trok het portier dicht en reed weg.
'Hoe ging het?' vroeg hij aan Nicolien.
'Goed,' zei ze afwerend.
'Wat gaan we nou doen?' vroeg zijn schoonmoeder.
'Nu gaan we eerst een kopje koffie drinken,' zei Nicolien. 'Geeft u mij maar een arm.'

'O kind, wat heerlijk.' Voetje voor voetje klom ze voor hem uit het bordes op, haar linkerarm voor zich uit strekkend langs de leuning, aan de rechterkant ondersteund door Nicolien. Hij volgde met de rolstoel, sloot de deur achter hen en rolde de stoel langzaam achter hen aan naar de trap. 'Ik zal hem hier maar laten staan, hè?' zei hij.
'Ja, dat kan wel,' zei Nicolien.
'En wat gaan we nou doen?' vroeg zijn schoonmoeder.
'Nou gaan we een kopje koffie drinken,' zei Nicolien, 'met een morekop.'
'O kind, wat heerlijk.'
Terwijl Nicolien in de keuken bezig was met de koffie zat hij met zijn schoonmoeder in de kamer.
'Hoe gaat het?' vroeg hij.
'Dank u,' zei zijn schoonmoeder beleefd. 'Naar omstandigheden.'
'Je moet de groeten hebben,' begreep hij.
'Ja, jij ook.'
Ze zwegen.
'Wil je wel geloven dat ik niet eens weet waar ik ben?'
'U bent bij ons.'
'O, ben ik bij jullie?'
'In Amsterdam.'
'Ben ik in Amsterdam?'
'Bij Maarten en Nicolien in Amsterdam.'
Ze schudde haar hoofd. Het was te veel om te bevatten.
'En weet u nou waar u vandaan komt?'
'Ja hoor.'
'Waar dan vandaan?'
'Uit de Amandelstraat.'
'Nee, uit het verpleeghuis.'
'Zit ik dan in een verpleeghuis?'
'U zit in een verpleeghuis.'
Ze schudde haar hoofd. 'Ik weet er niets van. Je moet maar denken, ik ben al tachtig.'
'Zevenentachtig. Vandaag bent u zevenentachtig geworden.'

'Ben ik al zevenentachtig?' Ze moest erom lachen.
'Heb je het raam in de achterkamer nog gemaakt?' vroeg Nicolien, met de koffie en de gebakjes de kamer inkomend.
'Ja,' zei hij. 'Ik was bijna dood geweest, maar nu loopt het weer als een lier.'
Ze reageerde daar niet op. 'Zegt u maar wat u hebben wilt, moeder,' ze hield haar moeder de schaal met gebak voor.
'Mag ik eerst kiezen?'
'U bent toch jarig?'
Haar moeder monsterde het aanbod. 'Nou, een morekop dan maar.'
'Als ik je niet ontrief,' vulde hij aan.

Ze zetten haar moeder goed ingepakt, een blauwe wollen muts op haar hoofd, in de rolstoel en reden haar de gracht af. Het was nog kil. Er was geen zon. Maarten liep met de rolstoel op de rijweg, Nicolien liep op de stoep. Het ging prachtig. Hij duwde de stoel met grote vaart voor zich uit, dalend en stijgend door de kuilen, en liet hem zelfstandig de brug weer afrollen. 'Niet doen, Maarten!' riep Nicolien achter hem. 'Dat vind ik niet goed! Straks valt ze nog!'
Hij bleef staan en wachtte tot ze weer bij was. 'Ze valt heus niet.'
'Maar ik vind het toch niet goed.'
Zijn schoonmoeder keek onbewogen voor zich uit, zonder een spoor van betrokkenheid. Hij probeerde zich in te houden, maar het kostte hem moeite. De macht van de wielen. 'Straks ga ik erin zitten en dan moet u duwen,' zei hij tegen zijn schoonmoeder.
'Niks hoor, dat zou je wel willen.'
'Dat zou ik zeker willen.'
Ze reageerde daar niet op. 'Waar gaan we nou naartoe?'
'Naar het Vondelpark,' zei Nicolien. 'Weet u nog wel?'
Ze dacht na. 'Dat weet ik niet meer. Maar je moet maar denken, ik ben ook al tachtig.'
'Zevenentachtig!' verbeterde Maarten.

'Ben ik al zevenentachtig?' – ze moest lachen. 'O kind, jullie hebt wat met me te stellen. Je zult maar zo'n moeder hebben.'
'Dat valt best mee,' verzekerde hij.
Ze reden haar het Vondelpark in en zetten zich op een bank tegenover de hondewei, zijn schoonmoeder in haar rolstoel ernaast, op de rem. Er waren vrij wat honden. Ze renden achter elkaar aan of achter een bal, buitelden over hun kop, sjorden aan een tak en blaften. Aan haar gezicht was te zien dat ze hun bewegingen volgde, maar zonder haar hoofd te bewegen.
'Vindt u het leuk?' vroeg Nicolien.
'Ja kind.'
Langs het pad kwam een tweede rolstoel aan met twee jongens erachter. Een van de jongens duwde hem. Er zat een oude vrouw in, in een donkerblauwe winterjas, net als zijn schoonmoeder, met een witte ijsmuts op. Haar kin rustte op haar borst. Ze sliep. Maarten volgde hen vanaf de bank terwijl ze voorbijliepen en voelde zich verbonden, alsof ze met zijn zessen een kleine vriendengroep vormden.

Terwijl Nicolien in de keuken bezig was, dekte hij de tafel, haalde wijnglazen uit de glazen kast in de achterkamer en vulde voor zijn schoonmoeder een glas met advocaat. Hij haalde de witte wijn uit de koelkast en ontkurkte de fles.
Nicolien kwam de kamer weer in. 'Heb je die glazen genomen?' vroeg ze ontstemd.
'Die wou ik nou eens nemen.'
'Maar die zijn toch veel te groot? En moeder moet ook een ander glas hebben!' Ze nam de glazen weer van tafel, ruilde ze om en schepte de advocaat over in een kleiner glas. 'Waarom zeg je niets?' vroeg ze.
'Ik dacht dat ik het goed gedaan had,' zei hij verongelijkt.
'Dat heb je dus niet!'
Hij zweeg.
'Schenk je niet in?' vroeg ze.
'Schenk jij dan ook maar in.'

Dat maakte haar boos. 'Nou zal hij goed worden! Eerst de verkeerde glazen neerzetten en dan nog beledigd doen ook!'
Hij tilde de fles van de grond en schonk de glazen in.
'Je zegt nog niets!' zei ze.
Hij stak zijn hand op tegen zijn schoonmoeder.
'Heil!' zei ze.
'Hoe zou het met die man gaan?' vroeg hij.
'Waarom zet je geen plaat op?' vroeg Nicolien. 'Anders zet je toch altijd een plaat op? Of ben je soms bezig de boel te verpesten?'
'Ik was er nog niet aan toe,' verontschuldigde hij zich. Hij stond op en zette de impromptu's van Schubert op. Zodra de muziek begon tilde zijn schoonmoeder haar hoofd iets op en luisterde met een kleine glimlach terwijl ze met een hand nauwelijks merkbaar de maat sloeg. Hij keek tersluiks naar haar. Toen hij opzij keek naar Nicolien zag hij dat ze huilde. Dat was de bedoeling niet, maar hij wist niet wat hij eraan moest doen en hij was ook te koppig om er iets aan te doen, want hij voelde zich niet schuldig. Ze stond op, liep naar de keuken en kwam weer terug. Ze huilde nog steeds. Hij kreeg medelijden, maar met haar moeder erbij wist hij niet goed raad. Ze liep opnieuw naar de keuken. Hij ging haar achterna om iets te halen en tikte even op haar hoofd.
'Wil jij moeder aan tafel zetten?' vroeg ze toonloos. 'Het eten is klaar.'
'Moeder,' zei hij opgewekt, de kamer inkomend, 'we gaan aan tafel! Eten!' Hij bleef bij haar stoel staan.
'Waar moet ik dan naartoe?' vroeg ze, naar hem opkijkend.
'Geeft u mij maar een arm. Ik zal u wel brengen.'
'O graag!' Ze liet zich moeizaam ophelpen. 'Dank u wel, want ik weet het allemaal niet meer.'
'Maar ik weet het nog wel, en dat is genoeg!' Hij stak haar zijn arm toe, ze haakte in. '*Daar komt de bruid!*' zong hij. '*Daar komt de bruid!*' en hij leidde haar naar haar plaats terwijl ze woordeloos meezong.
'Moet ik hier gaan zitten?' vroeg ze.

'Nee hier,' hij trok een stoel voor haar uit.
'O ja.'
Nicolien kwam binnen met de schalen. Ze zag er weggetrokken uit en hij veronderstelde dat ze hoofdpijn had. Terwijl ze haar moeder opschepte, zocht hij koortsachtig naar een onderwerp om het gesprek op gang te houden. 'Herinnert u zich nog wat Cats gezegd heeft?' vroeg hij.
'Wat zegt Maarten?' vroeg ze aan Nicolien.
'Je moet harder praten,' zei Nicolien, 'anders verstaat moeder je niet.'
'Herinnert u zich nog wat vader Cats gezegd heeft?' riep hij.
Ze schudde haar hoofd. 'Nee, maar ik ben ook al oud.'
'Als apen hoog klimmen willen...'
Ze schudde opnieuw haar hoofd. 'Nee, dat weet ik niet meer.'
'Ziet men vaak hun blote billen!'
'Dat mag je niet zeggen.'
'Dat is toch ook niks voor mijn moeder,' zei Nicolien. 'Zoiets kan ik me helemaal niet herinneren. Dat is iets van jou thuis.'
Hij lachte. 'Kinderen zijn hinderen...'
'Ja,' dat herinnerde ze zich.
'Hoe gaat het dan verder?'
'Dat weet ik niet meer.'
'... zei vader Cats, en hij had er zelf elf.'
'Nee, zo was het niet,' zei Nicolien.
'Hoe was het dan?'
'En hij vergat dat hij zelf ook een kind was geweest,' zei ze kribbig.
Hij zweeg. Verder wist hij niets meer te verzinnen.

Toen ze opstonden en hij zijn schoonmoeder naar de keuken wilde begeleiden, werd Nicolien plotseling heel boos. 'Je hebt helemaal niets gezegd! Niet onder de borrel! Niet aan tafel! Terwijl ik hoofdpijn heb! Je laat me overal voor opdraaien!'
'Ik laat je toch niet overal voor opdraaien?' zei hij schuldig.
'Alles moet van mij komen! Geen woord zeg je! Je zit er maar bij alsof je er niets mee te maken wilt hebben!'

Haar moeder stond er wezenloos bij.
Hij zweeg, nam het blad op en stak zijn elleboog uit. 'Kom maar moeder.'
Nicolien liep achter hen aan, boos.
Hij zette het blad op het klaptafeltje, trok de kruk naar voren en zette zijn schoonmoeder daarop. 'Roep je?' vroeg hij. Hij liep terug naar de kamer.
Nicolien kwam achter hem aan. 'Niets doe je om me te helpen!' zei ze kwaad. 'Overal laat je me alleen voor opdraaien! Blijf dan weg, als je toch niet helpen wilt!'
Hij stond schuldig tegenover haar, koortsachtig zoekend in zijn herinnering. Hij had toch iets gezegd? Plotseling herinnerde hij het zich. '*Daar komt de bruid* heb ik gezongen!' riep hij. 'En Cats! Vader Cats!'
'Niets heb je gedaan om me te helpen,' herhaalde ze woedend, 'terwijl je wist dat ik hoofdpijn heb en er de hele dag alleen voor heb gestaan!'
'Vader Cats!' riep hij nog eens, 'en *Daar komt de bruid*!'
Het maakte niet de minste indruk. Ze overstemde hem. Hij vroeg zich af wat moeder daar op haar kruk in de keuken van denken moest. 'Maar ik wist werkelijk niets te verzinnen,' zei hij wanhopig. 'Ik denk me rot! De hele maaltijd!'
'En ik dan? Ik moet toch ook wat verzinnen?'
'Maar ik weet niets! En als ik iets weet dan verstaat moeder me niet!'
Dat was de volle waarheid, maar een waarheid die haar niet overtuigde. Ze had haar eigen waarheid en op dat ogenblik was dat een andere.

*

25 oktober 1980
De deuren zwaaiden open. Ze lieten zich in de stroom meevoeren, de gang in, de trap op naar de afdeling van haar moeder. Daar troffen ze haar, ineengedoken, nietig, naast een vrouw in een paarse jurk en met een soort bochel, die met haar

kin op haar borst zat te slapen. Langs de wanden zaten stoel aan stoel andere oude mannen en vrouwen. Een vrouw knikte hen lachend toe.
'Dag moeder,' zei Nicolien, ze boog zich naar haar over en gaf haar een zoen.
Haar moeder keek haar aan, onderzoekend. 'Dag kind.'
'En daar is Maarten,' ze keek naar hem. 'Geef jij moeder ook eens een zoen.'
'Dag moeder,' zei hij, haar een zoen gevend.
'Wat komen jullie doen?'
'We komen een beetje met u wandelen.'
'O.'
'Vindt u dat niet leuk?'
'Ja,' het klonk berustend.
'Maar dan moet u eerst uw vruchtensap opdrinken,' ze nam een glaasje vruchtesap op en bracht het haar.
'Dat drinkt ze toch niet op, hoor,' zei een zuster die een paar stoelen van hen af had toegekeken, een kind van nog geen twintig.
'Jawel hoor,' zei Nicolien. 'Kijk maar.' Haar moeder had haar hand om de hand gelegd waarmee Nicolien het glaasje vasthield en bracht het voorzichtig naar haar mond, haar lippen tuitend.
Ze trokken haar een dikke jas aan en zetten haar in een rolstoel. Zodra ze buiten was, fleurde ze wat op.
'Vroeger reed u mij en nou rijden wij u,' zei Nicolien.
Ze moest daarom lachen.
Ze staken de Melis Stokelaan over en gingen het Zuiderpark in. Het was koud, maar uit de wind konden ze waarachtig nog een kwartier in de zon aan het water zitten, beschut door struiken in alle kleuren van de herfst en te midden van een groep oude Haagse mannen die zure grapjes tegen elkaar maakten en kankerden op andere oude mannen.
'Waar ben ik nou?' vroeg haar moeder.
'U bent in het Zuiderpark,' antwoordde Nicolien.
'Ben ik in het Zuiderpark?'

'Ja, in het Zuiderpark.'
Ze schudde haar hoofd. 'En hoe ben ik daar dan gekomen?'
'Vanuit het tehuis.'
'Vanuit het tehuis?'
'U woont in een tehuis.'
'Woon ik in een tehuis?' Ze begon te lachen. 'Wil je wel geloven dat ik daar niets van weet? Niets weet ik! Ik ben een domme, domme...' ze zocht naar een woord, 'een domme duivel!'
Ze moesten daar alle drie om lachen.
'Dan zit ik ineens in het gras, en dan weer op de w.c., zonder dat ik weet hoe ik daar gekomen ben, maar gelukkig weet ik nog wel wat ik daar doen moet.'
Ze hadden daar opnieuw alle drie een groot plezier om.
Er kwamen wat wolken en het werd kil. Ze rolden haar weer terug, dronken nog wat met zijn drieën in het café op de derde verdieping, en brachten haar tenslotte naar haar stoel in de huiskamer. Ze was verdrietig. Toen ze bij het weggaan vanuit de gang naar binnen keken, zat ze wat verwezen voor zich uit te staren.
'Ze was vandaag vrij goed, hè?' zei Nicolien in de tram.
'Behalve aan het eind,' antwoordde hij. 'Toen werd ze wat moe.'

★

1 november 1980
Ze haalden zijn schoonmoeder uit Den Haag. Het vroor. Ze pakten haar dik in en zetten haar in een rolstoel.
'Wat gaan we doen?' vroeg ze.
'U gaat met ons naar Amsterdam,' zei Nicolien.
'O ja.' Het maakte niet de indruk dat het tot haar doordrong.
Ze rolden haar naar de tram. Nicolien hielp haar de tram in, terwijl hij de rolstoel opvouwde en achter hen aandroeg. Omdat ze in het station geen lift konden vinden, moesten ze haar de trappen ophelpen. Al met al bleek het ingewikkel-

der dan ze voorzien hadden. Nicolien kon daar slecht tegen, maar zodra er geëxperimenteerd werd, was hij juist op zijn best. Zulke karweitjes wilde hij elke dag wel opknappen, mits het elke dag andere waren. In Leiden stapten ze over. De trein had twintig minuten vertraging en toen hij eindelijk kwam, bleek hij zo vol dat ze er met hun rolstoel niet meer bij konden en op de volgende moesten wachten. Ze stonden in een stampvolle wachtruimte, ieder aan een kant van de rolstoel. Om hen heen zaten en stonden kinderen met gekleurde haren, in namaak-pantervellen, met hoogrood geverfde lippen en gitzwart gekoolde ogen. Hij vroeg zich af wat zijn schoonmoeder daarvan moest denken. Maar ze scheen ze niet op te merken. Ze keek uitdrukkingloos voor zich uit, diep verzonken in haar eigen schimmige wereld.

*

2 november 1980

In het begin van de middag rolden ze haar terug. Nicolien deed haar onder haar winterjas een oud vest aan en ze kreeg een plaid over haar benen. Hij stelde voor om over dat alles heen nog een poncho te trekken, maar daar wilde ze niet van horen. 'Jij wilt er helemaal wat van maken,' zei ze geërgerd. 'Alsof we al niet genoeg bekijks hebben!' Tenslotte kreeg hij het toch zo ver dat de poncho mee mocht in een plastic zak, voor noodsituaties. Dat het een noodsituatie was, bleek zodra ze buiten kwamen. Er woei een stormachtige wind, windkracht 8, en het vroor. Ze renden met haar langs de gracht. Voorop in haar karretje kreeg ze de volle laag. Toen ze in de luwte van de stationshal de kaartjes kochten, zat ze nog te schudden van de kou, alsof ze de ziekte van Parkinson had. Dat maakte Nicolien wanhopig. Ze verweet zichzelf dat ze geen taxi hadden genomen en gaf hem daar de schuld van. 'Want jij hebt iets tegen taxi's!' Hij voelde zich schuldig, hoewel hij niet had voorzien dat haar moeder zo zou reageren. Ze reden haar door een halfdonkere gang met buizen met grote

letters erop en kranen eraan naar een goederenlift, die haar naar het perron bracht, en werkten haar de trein in.
'Een mens van 87!' zei Nicolien boos. 'Dat je je sportieve prestaties voor jezelf houdt, moet jij weten, maar dat je een mens van 87 daar het slachtoffer van laat worden!'
'Maar ik heb me toch niet verzet tegen een taxi?' verdedigde hij zich.
'Maar ik wéét dat je erop tegen bent! De volgende keer laat ik me niet meer beïnvloeden! In Den Haag nemen we een taxi!'
Hij vond het best. Hij voelde aan moeders handen. Ze waren steenkoud. 'Hebt u het koud?' vroeg hij.
'Ja, ik heb het wel een beetje koud.' Maar ze rilde in ieder geval niet meer.
In Den Haag reden ze haar naar de goederenlift en daalden af naar de begane grond. Tot hun verrassing bleek de lift toen hij stopte geen deuren te hebben. Nicolien, die angst had in een lift opgesloten te zitten, schrok hevig. Hij stond op het punt om de stalen platen waar ze tegenop keken aan een onderzoek te onderwerpen, toen hij ontdekte dat de deuren aan de andere kant zaten. Ze rolden moeder eruit en kwamen in een ruimte vol dozen, pakken, flessen met half verlepte bloemen, buizen, gedemonteerde fietsen of machines, en andere goederen. De ruimte bleek aan de straatkant te zijn afgesloten met een hoog, ijzeren hek, waarachter een portiersloge met een loket en een toonbank was. Er zat niemand. Ze konden in de stationshal kijken, maar niemand had hen in de gaten. Terug dus. Op het perron laadden ze moeder uit en hielpen haar de lange trap af. Een taxi. Eenmaal in de veilige beschutting van Sammersbrug stegen ze meteen op naar het café. Het café was afgeladen. Moeder klaagde over hartkloppingen. Twee bouwvakkers die met hun demente vrouw en moeder zaten te kaarten, maakten een stoel voor hen vrij. Een man met een snor bracht hen uit zichzelf een tweede stoel. Hij vroeg aan de vrouw die met haar moeder en haar man aan het tafeltje naast hun tafeltje zat of de stoel waar haar bontjas op lag vrij was. 'Vrij en vrij is twee,' antwoordde ze. 'Waar moet ik mijn jas dan laten?' Ten-

slotte vond hij een andere stoel en ze zaten zwijgend met zijn drieën om de hoek van de tafel naast de bouwvakkers en lachten af en toe tegen elkaar om het contact te onderhouden.
'Weet u nog wel waar u bent?' vroeg hij.
'Ik zou het echt niet weten.'
Ze aten hun cake en dronken hun thee en brachten haar naar beneden. Nicolien was uit haar doen. 'Stel je voor dat ze van dit krankzinnige uitstapje nog iets krijgt ook,' zei ze toen ze naar de tram liepen.
'Daar krijgt ze niets van,' antwoordde hij met grote stelligheid, tegelijk beseffend dat die nergens op gegrond was.

*

14 december 1980
In de loop van de ochtend gingen ze naar Den Haag om de verjaardag van Nicolien met haar moeder te vieren. In de hal van het station tochtte het net zo als zes weken geleden, toen hij griep gekregen had. Zijn schoonmoeder was stil, broos en apathisch. Ze zaten in het café op de derde verdieping. Het was er, net als zes weken geleden, stampvol, demente en halfdemente bejaarden met hun bezoek: vrouwen van middelbare leeftijd met geweldige achterwerken, waarop hun gepantserde onderkleding zich aftekende. De oude man met de snor, die eruitzag als een gepensioneerde leraar Frans en altijd lachte, kwam hem een hand geven.
'Hoe gaat het nu?' vroeg Nicolien, haar hand pakkend en zich naar haar toe buigend.
'Ik wou maar liever wegwezen,' antwoordde haar moeder.
'Dat mag u toch niet zeggen?' – ze kneep in haar hand. 'Wij zijn er toch nog?'
Ze reageerde daar niet op.
'Hoe oud bent u nu?' vroeg hij op zijn beurt.
'Ik zou het niet weten.'
'Echt niet?'
Ze schudde haar hoofd. 'Ik ben een arme, oude stumper.'

Buiten was het grauw. De lichte plekken in de grauwe lucht waren de weerspiegeling van de plafondlampen in de ramen. Het regende.

*

27 december 1980

De moeder van Nicolien zat te slapen. Ze tilde haar hoofd moeizaam op, met een verdwaasd oog, het andere stijf dichtgeknepen. 'O, ben jij het? Mag ik mee?' Ze trokken haar met moeite omhoog en scharrelden tussen de stoelen en tafels door, in het wilde weg links en rechts groetend. 'Voeten optillen, mevrouw Haspels!' riep de Surinaamse verpleegster, die tussen de oude mannen en vrouwen zat. 'Voeten optillen!' riep Maarten. Ze tilde haar voeten een klein beetje op. 'Waar gaan we nou naartoe?' vroeg ze.

Ze gingen de lift in naar de derde verdieping. Het café was nog vrijwel leeg. Net als de vorige keer namen ze plaats aan het vierde tafeltje in de middenrij en zetten haar zo dat ze de zaal inkeek en niet naar buiten, want het uitzicht maakte haar onrustig. 'Wat gaan we nou doen?' vroeg ze.

Nicolien haalde koffie en twee gebakjes. Ze probeerden, als iedere keer, of ze nog wist waar ze gewoond had en of ze de beide rijtjes nog kende: 'Tien dat zijn mijn...' maar ze was nog te suf. Gerrit kwam binnen. Hij liep op zijn tenen en draaide zijn hoofd naar alle kanten, omhoog, omlaag, schuin de lucht in, met een dwaze blik, als een vogel. 'Tien dat zijn mijn... kinderjaren.' Ze schudde haar hoofd. 'Ik weet het niet. Ik weet niets meer.' De zaal liep geleidelijk vol. Gerrit was bij de man met de snor aan tafel gaan zitten. Een oude, zware man kwam aan de arm van een zuster binnen, een meisje van zeventien, hooguit achttien, met een onbeschreven kindergezichtje. De man had een zwaarmoedig, aristocratisch gezicht, of hij had het gehad, want het was door omstandigheden uitdrukkingloos geworden. Zijn hoofd hing op zijn borst, zijn handen draaiden en trilden, hij zakte bij elke stap door zijn knieën. De zus-

ter zette hem in een stoel en ging naast hem zitten, een beetje hulpeloos. Hij had een halve sigaar in zijn mond. Ook de sigaar trilde voortdurend heen en weer.
'Tien dat zijn mijn kinderjaren. Twintig...'
'... moet ik zijn getrouwd.'
'Ja! bijna goed! Twintig ga ik aan het...'
Ze wist het niet.
'... paren. Dertig...'
'... moet ik zijn getrouwd.'
'Ja! goed zo! Dertig moet ik zijn getrouwd! Veertig...'
'... moet ik zijn getrouwd.'
Ze moesten erom lachen en ze lachte er toen zelf ook om. Een oude man met een hoge, witte coltrui kwam vlak langs hen. Hij zakte telkens door zijn linkerbeen. Zijn gezicht was star. Toen hij aan een tafel ging zitten, begreep Maarten pas dat het een bezoeker was.
'Toen ik jong was...'
Ze schudde haar hoofd.
'Toen ik jong was, wou ik me niet goed gedragen en ik ging,' ze dacht ingespannen na, '... een beetje rommelen.'
Ze lachten.
'Hebt u wel eens gerommeld?' vroeg Maarten.
Ze keek olijk. 'Jawel hoor.'
Langzaam verstreek de tijd. Kroon liep zwaar leunend op zijn stok, een leeg bierflesje in zijn andere hand, naar het buffet. Hij ging met een nieuw flesje aan een tafel bij het raam zitten. Het ene gezelschap na het andere vertrok, de oudjes in rolstoelen of hangend tussen twee armen meevoerend.
'En weet u wie dat is?' vroeg Nicolien op Maarten wijzend, want de aandacht van haar moeder verslapte.
'Ja, een meneer.'
'Nee, kijkt u nou eens goed.'
Ze draaide haar hoofd een beetje in zijn richting want hij zat aan de kant van het toegeknepen oog. 'O ja, nou zie ik het.'
'Wie is het dan?'
'Een mevrouw.' Ze keek Nicolien hulpeloos aan. 'Ik wou zo graag mijn kind nog eens zien.'

'Maar ik ben uw kind toch?'
'Ben jij mijn kind?' Ze streek Nicolien over haar arm. Er kwamen tranen in haar ogen. 'Hoe kan dat nou, dat ik dat niet meer weet?' zei ze triest.
Ze brachten haar terug en zetten haar aan de tafel bij de zusters, met haar rug naar de deur. Ze begreep niet waar ze was en ook niet wie zij waren en wat ze gingen doen. 'Ze gaan weg, wuift u maar,' hoorde Maarten de zuster zeggen toen ze al op de gang waren en hij zag haar wuiven, zonder dat ze zich naar hen omdraaide, naast haar schouder, tegen niemand.

★

7 maart 1981
Zijn schoonmoeder zat apathisch voor zich uit te kijken. Ze sjorden haar omhoog. Tussen hen in strompelde ze voorovergebogen naar de lift. 'Ik vind het hier niet prettig met al die mensen,' zei ze. 'Kunnen we niet naar mijn eigen huis?'
'Maar u vond het in uw eigen huis ook niet meer prettig!' zei Nicolien.
'Wat zeg je?'
'In uw eigen huis vond u het ook niet meer prettig!'
Ze schudde haar hoofd. Ze verstond het niet of ze was het meteen al weer vergeten.
In het café zetten ze haar op haar vaste plaats, met haar rug naar het raam. Maarten ging naast haar zitten, Nicolien bleef staan.
'Wilt u een gebakje?' riep ze.
Ze keek haar onzeker aan. 'Is dat dan niet te duur?'
'We hebben geld genoeg!'
Dat amuseerde haar. 'O kind!'
'Wat wil jij hebben?' vroeg Nicolien.
'Zoek jij maar iets uit. Het kan me niet schelen.'
Ze liep van hen weg naar het buffet.
'Kunnen we niet naar mijn eigen huis?' vroeg zijn schoonmoeder.
Hij schudde zijn hoofd. 'Vandaag niet. Een volgende keer.'

Nicolien kwam terug met een blad met een glaasje advocaat, twee glaasjes sherry en drie gebakjes. 'Zo!' zei ze opgeruimd. 'Voor u heb ik een lekkere morekop meegebracht. Ziet u wel?' Haar moeder keek uitdrukkingloos naar het lekkers. 'Kunnen we niet naar mijn eigen huis?'
'Vindt u het hier dan niet gezellig?' riep Nicolien. 'Het is hier toch ook gezellig?'
Hij keek naar de hinkende, strompelende, verdwaasde mensen die werden binnengesleept of juist weer afgevoerd, wat een voortdurende onrust gaf.
'Wat is het hier stil,' zei zijn schoonmoeder.
'Ik denk dat moeders oren weer moeten worden uitgespoten,' zei Nicolien tegen hem. 'Ze hoort bijna niets meer en ze ziet ook weer minder.'
Hij knikte.
Nicolien stopte een papieren servetje in de blouse van haar moeder en legde een tweede servetje op haar schoot. 'U krijgt een advocaatje!' riep ze vlak bij haar oor. 'Is dat niet lekker?'
'Ik wil toch liever naar mijn eigen huis,' ze brak haar zin halverwege af, tuitte haar mond en deed haar hoofd wat naar voren voor het lepeltje met advocaat en slagroom dat eraan kwam. Wat om haar mond bleef zitten, werd niet afgelikt. Achter haar zat een jongen van even in de twintig zijn grootmoeder te voeren. Het zou ontroerend zijn geweest als het niet zo triest was.
'Hoe gaat het nu?' vroeg hij toen Nicolien even weg was om een tweede advocaatje te halen. Ze verstond hem niet. Hij pakte haar hand. Ze reageerde daar niet op. 'Ga naar de markt!' zei hij haar hand optillend en weer op tafel leggend. 'Koop een koe!' Ze keek hem aan of hij een volslagen vreemde was.

Ze trokken haar op en zochten een rustige plek op de gang. In een hoek met rondom ramen, waar wat stoelen stonden opgestapeld, liet Nicolien haar naar buiten kijken, eerst aan de ene kant, maar daar had ze de zon in haar gezicht, toen aan de andere kant. Het raam keek uit op een hoog, blind gebouw met vijf aluminium pijpen erop en daar beneden een vleugel van het tehuis: kamers met veel planten, twee boven elkaar, vier naast elkaar, een soort aquaria met een dood, nog winters tuintje ervoor.

Op haar eigen etage vonden ze een hoek waar het rustiger was. Er zat een vrouw van haar afdeling te breien. Ze zat helemaal onderuit omdat haar nek was kromgegroeid, met haar kin op haar borst. Naast haar zat een andere vrouw verstild voor zich uit te staren, haar stok tegen haar knieën. Ze gingen met zijn drieën op een tweezitsbank zitten. Zijn schoonmoeder gaf hun een arm. Af en toe schuifelde iemand voorbij. Jonge zusters renden gehaast langs, alsof ze op weg waren naar een spoedgeval. Een dikke broeder duwde een kantinewagen.

Ze brachten haar terug. Toen ze weg wilden gaan raakte ze even in paniek. Ze deed een poging op te staan, maar dat kon ze niet. Ze gaven haar een zoen en keken vanaf de gang nog eens om en wuifden, maar ze was hen al weer vergeten.
'Had ik haar toch niet in huis moeten nemen?' vroeg Nicolien toen ze tegen de wind in in de richting van het Zuiderpark liepen.
'Hoe kan dat nou,' zei hij geïrriteerd. 'Dat had toch niet eens gekund, in die twee kamers?'
'Dan had ik haar toch in Amsterdam in een tehuis kunnen doen?'
'Maar je hebt haar niet in Amsterdam in een tehuis gedaan!'
Ze bleef staan. 'Dus je vindt ook dat ik haar in Amsterdam in een tehuis had moeten doen!' – haar ogen waren panisch.
'Ik vind helemaal niet dat je haar in Amsterdam in een tehuis had moeten doen!' – hij pakte haar bij haar arm en trok haar mee.
'En je zegt het!'
'Ik zeg het helemaal niet!'
'Waarom heb ik het dan niet gedaan als jij ook vindt dat ik het had moeten doen?' zei ze wanhopig.
'Je weet toch hoe het gegaan is!' zei hij met nadruk, in een

poging haar tot rede te brengen. 'We hebben net zolang alles bij het oude gelaten, stap voor stap, tot het niet anders meer kon en toen het niet anders meer kon, hadden we geen keus meer!'

'Dan hebben we het verkeerd gedaan!'

'We hebben het niet verkeerd gedaan!' Dergelijke gesprekken irriteerden hem geweldig, al probeerde hij die irritatie zo veel mogelijk te onderdrukken. 'Wat je besloten hebt, heb je besloten! Daar kun je niet op terugkomen. Wat je gedaan hebt, heb je goed gedaan, omdat je niet anders kon!'

'En toch klinkt het niet overtuigd! Jij vindt ook dat we het verkeerd hebben gedaan!'

'Ik vind helemaal niet dat we het verkeerd hebben gedaan!' riep hij kwaad. Haar woorden maakten hem wanhopig.

'Waarom schreeuw je dan zo?'

'Ik schreeuw niet.'

'Je schreeuwt wel!'

'Ik schreeuw omdat het me wanhopig maakt!'

'En ik wil er gewoon over praten!'

'Maar er valt toch niets te praten? Wat valt er nou te praten? Ik kan alleen zeggen dat ik het triest vind! Het ís triest! Maar je kunt er niets aan doen! Thuis bleef ze in bed liggen, bij ons wordt ze angstig. Ze heeft alleen in haar hoofd dat het vroeger anders was!'

Ze zweeg.

Ze staken het Zuiderpark dwars door. Hoog in de lucht, tegen de lichte hemel, zeilden meeuwen, een groep kraaien dwarrelde weg over de vijver en de hoge bomen. Aan de rand van het water stonden reigers, één poot opgetrokken. Tussen de bomen, waar wat minder wind was, zat een tortelduif op een tak. Toen ze onder hem doorliepen, deed hij zijn kop scheef en keek naar hen.

*

1 januari 1982

Op Nieuwjaarsdag bracht de trein hen naar Den Haag. Het regende en woei. De lucht was egaal grijs. Op de straten lagen grote plassen. De mensen die op straat waren, haastten zich om weer onder dak te komen.

Zijn schoonmoeder zat voor zich uit te kijken, half afgewend van de vrouw die naast haar zat, alsof ze haar niet wilde zien. Ze namen haar mee naar boven, naar het café. In het café waren de stoelen en tafels in rijen gezet, met daarvoor een microfoon. Er zaten een twintigtal oude vrouwen. Ze gingen met zijn drieën achter hen aan een tafeltje zitten. Door een luidspreker klonken oude liedjes, aan elkaar gepraat door een Amsterdammer, want zelfs in Den Haag hebben Amsterdammers de naam dat ze geinig zijn. Een maatschappelijk werkster in een jurk met grote, rode en paarse bloemen plaatste zich achter de microfoon en zette *Waar de blanke top der duinen* in, gevolgd door *In 't groene dal, in 't stille dal, Piet Hein* – allemaal liedjes die hij ook nog op de lagere school geleerd had, een teken dat hij al vrij dicht bij zijn eindbestemming zat. De oude vrouwen zongen of neurieden mee, zijn schoonmoeder ook, al kende ze lang niet alle woorden meer. Er was één man, de man met de trillende handen. Hij had een stompje sigaar in zijn mond en zong niet. En Kroon natuurlijk, maar die zat aan de kant, met zijn rug naar iedereen toe, en zong ook niet. Terwijl het ene liedje na het andere tot klinken werd gebracht, kwamen er nog wat nieuwe groepjes binnen met hun verpleegsters en schoven bij. Het laatste groepje was het beste. Ze zongen al toen ze door de klapdeur binnenkwamen. Een paar vrouwen wiegden in de heupen en zwaaiden met hun armen de maat, waardoor ze iets swingends kregen. Een vrouw werd naar voren gehaald om een solo te zingen, een lied waarvan ze nog maar enkele woorden kende, en de Amsterdammer, die door iedereen meneer Kraak genoemd werd, zong met een stem als een klok *Mijn wiegie was een stijfselkissie*, tot hij een hoestbui kreeg. Daarna mocht hij de appelflappen rondbrengen, waarbij hij de helft van de vrouwen eenvoudig vergat. Een geslaagde middag.

★

17 juli 1982
Zijn schoonmoeder herkende hen niet. Nicolien trok haar overeind. Ze sukkelden met haar de gang door. Een oude heer, die meneer Van Es genoemd werd, maakte van de gelegenheid gebruik om achter hen langs te ontsnappen toen Maarten de deur openhield om Nicolien en zijn schoonmoeder door te laten. 'Mag hij dat wel?' vroeg hij, hem nakijkend.
'Dat doet hij altijd,' zei ze.
Ze zaten aan dezelfde tafel, voor het hoge raam. Nicolien haalde thee. De een na de ander werden de bewoners door hun familie binnengereden of naar binnen geholpen. Aan de tafel achter Nicolien zat een oude man een biertje te drinken. Hij had grote oren en de huid van iemand die zijn hele leven in de wind gewerkt heeft en weinig tijd gehad heeft om te denken. In zichzelf verdiept, keek hij naar zijn glas. Wanneer hij zijn ogen opsloeg, zag hij niets. Aan de tafel links van hem werd een stokoude man tussen zijn kinderen en kleinkinderen gerold. Terwijl ze met zijn allen zaten te praten, keek hij wezenloos over hun hoofden heen in het licht van de hemel, alsof hij heel in de verte iets zag. Zijn ogen lagen diep in hun kassen. De bovenste oogleden waren rood. Maarten zette zijn bril op om hem beter te kunnen zien en stelde vast dat de man niets zag. Toen de kleinkinderen, die het eerst gekomen waren en ook het eerst weggingen, zijn hand pakten, reageerde hij niet. Intussen was zijn schoonmoeder wat levendiger geworden omdat de peppillen die ze een uur geleden had gekregen begonnen te werken. Wat ze zei was onbegrijpelijk, maar het was duidelijk dat hun aanwezigheid haar opbeurde. Ze had ook in de gaten gekregen wie ze waren. Hij haalde een zakje mosterd voor zijn kroket, die Nicolien in een tweede ronde met een borrel aan het buffet gehaald had. Alle tafeltjes in de zaal waren bezet geraakt. Hij vond zijn weg met omwegen. Een oude vrouw lag met haar hoofd achterover, scheefgezakt, over de leuning van haar rolstoel. Haar mond was ingevallen,

wijdopen, en behalve de punt van haar neus was alle kleur van haar gezicht verdwenen, alsof ze dood was. Haar wagen stond een eind van de tafel af, waaraan mensen zaten te praten. Niets wees erop dat ze daarbij hoorde. Hij nam twee zakjes mosterd uit een mandje op de toonbank en keerde ermee terug. Weer op zijn plaats luisterde hij tevreden naar het geroezemoes. Zo stelde hij zich het hiernamaals voor. In ieder geval had het iets onsterfelijks. Hij keek naar zijn schoonmoeder en gaf haar onder tafel een zetje met zijn voet. Ze reageerde niet. Hij gaf haar nog een zetje, een beetje harder. Nu reageerde ze wel. Ze lichtte het kleedje van de tafel op en boog zich voorover. 'Mag jij dat?' zei ze tegen zijn schoen, ze schudde met haar wijsvinger. 'Pas op hoor, want dan zal ik je wat!'
Hij lachte.
'Wat is dat?' vroeg Nicolien.
'Moeder denkt dat mijn schoen een hondje is.'
'Is het dan geen hondje?' vroeg zijn schoonmoeder.
'Het is mijn schoen.'
'O kind! je zal toch zo'n gekke, oude moeder hebben!'
Ze hadden daar alle drie een uitbundig plezier om.

★

15 oktober 1983
Lijn 16 bestond niet meer, dat was nu lijn 12 geworden. Ze reden naar Sammersbrug. Halverwege de rit stapte Voorthuizen in, gleufhoed op, grijze haren eronderuit. Hij groette hen en ging op een stoel aan de andere kant van het gangpad zitten, een eindje van hen af. Toen hij was uitgestapt, liep hij voor hen, smal in de schouders, hoofd met hoed rechtop, het zwarte aktentasje stijf aan de rechterhand: de nette, werkeloze kantoorbediende uit de jaren dertig. Met hem en een ploegje andere bezoekers liepen ze door de lange gang naar de afdeling: de penetrante, zoetige lucht en het gekrijs en gesteun van de patiënten, als in een apenhuis. Zijn schoonmoeder huilde ontroostbaar, haar gebitloze mond open, haar gezicht kleurloos,

gerimpeld. Ze rolden haar naar de serre, waar de ernstigste patiënten, die te slecht waren om nog naar het café te gaan, hun vertier vonden. Voorthuizen was er al. De overige plaatsen werden de een na de ander ingenomen door de bekenden: de Indische vrouw met haar moeder die de hele tijd in haar hoge stoel bewegingloos voor zich uit bleef kijken, een armoedig vrouwtje met haar vader die scheef over de leuning van zijn rolstoel hing met zijn hoofd naar de grond en zijn mond open, de wat infantiele Post en zijn vrouw, de plat sprekende zoon en zijn moeder, mevrouw Oosterling en haar jonge, norse man bij wie ze zich gauw verveelde. Ze schonken thee in voor zichzelf en voor hun geliefden, liepen wat heen en weer, wandelden naar de keuken. Aan drie tafels werd tegelijkertijd gesproken over de kracht van de wind, die op de ramen stond en ze deed rammelen. Nicolien hield de hand van haar moeder vast terwijl die haar kopje naar haar mond bracht en voerde haar een banaan. Telkens als ze haar een stukje toestak, deed haar moeder haar hoofd wat achterover, opende haar mond en sloot haar ogen, als een jonge vogel. Haar ogen lagen diep in hun kassen, de huid eromheen was blauwig. Toen de banaan op was, pakte Nicolien haar hand en bracht haar gezicht vlak bij dat van haar moeder. 'Was het lekker?' vroeg ze vriendelijk. Haar moeder reageerde niet. 'Was het lekker?' herhaalde ze. Ze knikte lachend tegen haar en sloot haar ogen even, zoals wanneer ze tegen de poezen praatte. 'Zeg jij nu ook eens wat?' zei ze tegen hem. Hij pakte haar andere hand en boog zich naar haar over. 'Dag moeder.' Ze keek hem uitdrukkingsloos aan. 'Dag moeder!' herhaalde hij, in haar hand knijpend. Ze schudde heel even haar hoofd. – 'Ze herkent je niet, geloof ik,' zei Nicolien. Ze bracht haar gezicht weer vlakbij. 'Herkent u hem niet? Dat is Maarten! Maarten! Weet u wel?' Haar moeder duwde haar onderlip naar voren en begon zachtjes te huilen.
Even na drieën brak de een na de ander op en verdween groetend. Drie mensen vergaten hun jas en kwamen nog even terug. Zelfs Voorthuizen. Waarschijnlijk de wind. Zij gingen als laatsten weg. Ze rolden zijn schoonmoeder terug en zetten haar

in een stoel in de woonkamer, tussen twee andere vrouwen, die allebei zaten te slapen. 'Dag,' zei Nicolien, haar hand pakkend. 'Het was gezellig, hè?' Haar moeder begon opnieuw zachtjes te huilen. 'U moet toch niet huilen? Het was toch gezellig?' Ze bracht haar gezicht vlak voor het gezicht van haar moeder. 'We komen toch gauw weer terug?' – 'Dag moeder,' zei hij, zijn schoonmoeder een zoen gevend. – 'Dag,' zei Nicolien, haar hand drukkend. 'Dag.' Vanaf de gang keken ze door het raam dat de woonkamer afschermde. Haar gezicht was getekend door verdriet. Een van de vrouwen naast haar was wakker geworden en zei iets tegen haar, maar ze reageerde niet.

*

9 maart 1984
In de serre zat een groep demente bejaarden, slapend, kreunend, naar alle kanten ingezakt en weggezakt, onder leiding van een jong meisje therapie te doen. Het kwam erop neer dat het meisje een banaan pelde, maar dat riep geen enkel blijk van herkenning op. In het ontvangstkamertje aan het begin van de gang, stond een koffiepot op tafel met drie kopjes en drie glazen bordjes. Voor de jarige en haar bezoek. Zijn schoonmoeder werd er tussen twee zusters in naartoe gesleept. Ze zaten met zijn drieën rond de tafel. Nicolien voerde haar moeder en praatte tegen haar. Hij keek er met bewondering naar. Vroeger irriteerde haar alles, sinds haar moeder de greep op haar leven verloren had, irriteerde niets haar meer, zelfs niet nu ze snipverkouden was. Af en toe gaf haar moeder antwoord. Soms zei ze 'ja', soms 'nee'. Eenmaal, toen hij haar een tijdlang 'Dag moeder' had toegeroepen, zei ze heel zachtjes 'Dag kinderen', een ongewoon passende reactie. Toen ze op het punt stonden op te stappen om ergens in de stad te gaan eten, kwam een zuster vragen of ze een kop soep wilden. Nicolien voerde haar moeder de soep. Ze bracht de vuile koppen naar de keuken en kwam terug met het bericht dat moeder haar verjaardagsmaal ook in de ontvangstkamer kreeg en dat er voor hen broodjes

waren. Terwijl ze dat vertelde, zag ze haar nicht Annie met haar Indonesische huishoudster in de gang voorbijschuifelen. Ze liep hen achterna en bracht hen binnen. Ze feliciteerden zijn schoonmoeder, maar toen die geen idee bleek te hebben wie ze waren, wendden ze zich tot Nicolien en hem. Tijdens het gesprek dat zich ontwikkelde, bleek al snel dat Annie ook aan het dementeren was. Haar gezicht dat heel lang jong was gebleven, net als dat van zijn schoonmoeder met wie ze tien jaar in leeftijd verschilde, was zichtbaar verstard sinds hij haar voor het laatst gezien had en ze zei telkens hetzelfde.
Het eten voor de jarige werd binnengebracht op een enorme blikken schaal en bleek te bestaan uit drie soorten groenten, appelmoes, puree en gehakt, alles bij elkaar genoeg voor twee of drie normale eters. Terwijl Nicolien haar moeder voerde, vroeg hij aan de huishoudster naar haar ervaringen in Indonesië, waar ze zojuist geweest was om haar moeder te bezoeken. Haar antwoorden waren zo diplomatiek dat hij niets te weten kwam, niet hoe het er was in vergelijking met vroeger, niet wat zij er zelf van vond. Annie luisterde argwanend. Die had haar eigen ideeën over Indië en wist dat zij die niet deelden. Het voeren duurde lang. Behalve de schaal waren er ook nog drie toetjes, die er eveneens alle drie ingingen. Daarna werd zijn schoonmoeder slaperig en zakte langzaam weg. Hoewel ze waren uitgepraat, maakten de beide vrouwen geen aanstalten om op te staan. Het werd moeizaam. Tenslotte was het Nicolien die er een eind aan maakte. Ze rolden haar moeder terug naar de woonkamer en lieten haar daar in de rolstoel achter, in diepe slaap. 'Gelukkig dat ze niet huilde,' zei Nicolien toen ze door de gang terugliepen, 'want dat zou ik zo triest gevonden hebben, op haar verjaardag.'

*

9 maart 1985
Ze zat te slapen, zonder gebit. Ze had een mooie jurk aan en een nieuw permanent. Ze rolden haar naar het kleine kamertje

waar ze net als het vorig jaar mochten zitten omdat hun moeder jarig was. Een Surinaamse zuster bracht een pot koffie en twee dozen met twintig gebakjes – voor drie personen. Nicolien voerde haar. Hij las *De Groene*. Toen hij daar genoeg van had, keek hij naar buiten, naar de stille sloot met aan de overkant de tuinmanswoningen, de witte kassen daarachter met ertussen een enkel schuurtje, en daar weer achter een weg met bomen waarlangs auto's reden in een grijs, koud voorjaarslicht. In de sloot zwommen wat eenden, twee vrouwtjes en vijf mannetjes. Een van de mannetjes joeg een medeminnaar weg. Deze zwom met een grote boog terug en voegde zich bij het andere paartje, die allebei met hun achterwerk omhoog en trappelende, rode poten stonden te grondelen. Hij verwachtte een nieuw conflict, maar toen de man boven water kwam gebeurde er niets. Ze zwommen met zijn drieën een beetje rond, in goede harmonie. Merkwaardig. Zo kon het blijkbaar ook. Intussen was het middageten voor zijn schoonmoeder gekomen. Nicolien had haar juist een derde gebakje gevoerd en ging nu meteen over op spinazie met gehakt en puree. Het gezicht van zijn schoonmoeder zat vol eten, tot onder haar ogen. Ze at geluidloos door, de ene hap na de andere, en af en toe door elkaar koffie, melk en later yoghurt. Voor hen was er een kop soep. Terwijl ze die oplepelden, viel zijn schoonmoeder in slaap. Haar hoofd was op haar borst gezakt, haar gezicht was sereen. Ze rookten een sigaret en zaten zwijgend bij haar. Toen ze weer wakker werd, begon ze te huilen. Nicolien probeerde haar te troosten, maar het huilen werd erbarmelijk. 'Wat moeten we nu doen?' vroeg Nicolien radeloos.
Hij wist het ook niet. 'Ik denk omdat het ongewoon is.'
'Zullen we haar dan maar weer terugbrengen?'
Dat leek hem het beste. Ze rolden haar terug, bleven nog wat in de huiskamer zitten te midden van de andere bewoners, die voorovergezakt zaten te slapen of onbegrijpelijke geluiden uitstootten, en gingen tenslotte met een bezwaard hart weg.

*

11 april 1985
Terwijl hij zich in de douchecel stond te scheren, ging de telefoon.
'De telefoon gaat,' zei Nicolien.
Hij hoorde haar naar de voorkamer lopen en luisterde gealarmeerd. Wie belde er nu al om kwart voor zeven? Uit haar antwoorden begreep hij dat zijn schoonmoeder overleden was. Hij opende de deur en ging de gang op met zijn scheerkwast nog in zijn hand. Ze legde de hoorn neer en kwam naar hem toe, alsof ze slaapwandelde. 'Moeder is dood,' zei ze verslagen. Hij knikte. Ze begon te huilen. Hij sloeg zijn armen om haar heen, zijn scheerkwast wat onhandig in de ruimte. 'En ik ben niet altijd lief voor haar geweest,' huilde ze.
'Wat een onzin,' zei hij schor. 'Je bent heel lief voor haar geweest.'
'Nee,' zei ze huilend, 'ik ben niet altijd lief geweest. Ik weet het.'
'Je bent heel lief geweest,' hij zocht in de zak van zijn kamerjas naar een zakdoek en gaf haar die. Ze snoot haar neus. 'Hoe moet dat nu?' vroeg ze, nog steeds een beetje huilend.
'We gaan naar Den Haag natuurlijk.'
'Maar jij moet toch naar Groningen?'
'Ik ga toch niet naar Groningen als je moeder dood is?'
'Jawel! Je gaat naar Groningen! Want dat is belangrijk! Je Bureau is belangrijk!'
'Ik ga natuurlijk niet naar Groningen,' zei hij korzelig. 'Het Bureau is helemaal niet belangrijk! Je moeder is belangrijk!'
Ze snoot opnieuw haar neus. 'Ik ben ook zo verdrietig,' zei ze triest.

⋆

15 april 1985
Het rouwcentrum van waaruit zijn schoonmoeder begraven zou worden bevond zich aan het eind van de Rijswijkseweg. Ze liepen erheen vanaf het station. Het was een heldere, frisse

lenteochtend met veel wind en een blauwe hemel. Het verkeer raasde in twee richtingen langs, maar ze werden beschermd door een ventweg. Oud geworden huizen uit de jaren twintig met kleine winkels die door de tand des tijds waren aangevreten. Vlak bij het centrum van Rijswijk lag een statig huis uit het eind van de achttiende eeuw, een eindje van de weg, in een klein parkje waarvan de struiken al groen werden. Ze liepen door de winkelstraat. Nicolien kocht een croissant omdat ze bang was dat ze het anders niet vol zou houden. De begrafenisondernemer deed hen met een ernstig gezicht open. Toen ze zijn schoonmoeder kwamen aangeven had hij een lichtblauwe trui aangehad, nu droeg hij een zwart pak. Hij liet hen in een holle zijkamer, die gemeubileerd was met twaalf bruine en twee witte stoelen en een lessenaar. Waarom twee witte stoelen? Voor bruid en bruidegom? Ze gingen op de witte stoelen zitten. De man vroeg of ze koffie wilden. Zijn schoonmoeder lag in de kamer aan de andere kant van de gang, een lange pijpenla. Ze had de gele bloemetjes van het verpleeghuis nog in haar handen, maar nu lag ze onder glas. Haar gezicht was al wat verkleurd, haar lippen waren bijgewerkt. Nicolien keek aandachtig naar haar, eerst van de ene kant, toen van de andere. Ze was ontroerd maar ze huilde niet, ook niet toen hij zijn arm om haar schouders legde. 'Dag lieve moeder,' zei ze. Op de kist lag hun bloemstuk met een groen lint: *Niekewiek en Maarten.* Dat *Niekewiek* ontroerde hem. Ze gingen terug naar de witte stoelen, dronken hun koffie en hoorden de geluiden in huis. De lijkauto reed voor, de chauffeur belde aan. Gepraat van mannen. Ze zaten daar hand in hand, inderdaad als bruid en bruidegom. De begrafenisondernemer kwam vragen of ze nog afscheid wilden nemen. Ze gingen nog eens naar de pijpenla en keken naar haar gezicht. Vervolgens wachtten ze in de holle kamer. De deur werd dichtgedaan. Er was wat discreet gestommel, bijna niet te horen. Daarna werd het stil, tot de deur onverwacht openging. Ze traden het helle zonlicht in en liepen de paar stappen naar de rouwauto. Daar zaten ze, de leuning tussen hen in, zodat hij haar hand niet kon vasthouden.

De wereld gleed langzaam voorbij, allemaal levende mensen tegen een achtergrond van groen en flatgebouwen. De lijkauto reed een paar keer door oranje en dwong zo hun chauffeur door rood te gaan, maar misschien vond hij dat wel fijn. Ze versnelden het tempo, geruisloos, minderden weer vaart, namen met zachte zekerheid de bochten en draaiden over de verkeersdrempel de Laan van Eik en Duinen in. Voor de begraafplaats stond een van Nicoliens nichten met een zonnebril op, naast de auto van haar zwager. Hij stak beschaafd zijn hand op, maar ze zag hem niet of ze deed alsof ze hem niet zag, en hij vond dat hij ook eigenlijk niet had mogen wuiven. Vanuit een rouwauto wuift men niet. Ze reden voor. In het winderige portaal stonden twee andere nichten, deze van de kant van Nicoliens vader, en twee mannen die hij niet herkende. Ze gingen met hen naar binnen in een grote erker achter glas-in-lood-ruiten en drukten hun de hand. Na enige tijd begreep hij dat de ene man de echtgenoot van een van de nichten was en de andere een man wiens vrouw ook in het verpleeghuis zat en die ze daar regelmatig hadden gezien. De nicht met de zonnebril, haar zuster en haar zwager kwamen nu ook binnen. Ze zaten in een halve cirkel langs de wand. De bekende uit het verpleeghuis was, nogal onbescheiden, naast Nicolien gaan zitten en had het hoogste woord. De beide nichten van de kant van Nicoliens moeder probeerden zich van de andere kant van de cirkel ook in het gesprek te mengen, zodat het een storend geklets werd, alsof ze elkaar toevallig in een openbare gelegenheid ontmoet hadden. De begrafenisondernemer kwam voor de tweede keer plechtig vragen of hij in de aula of aan het graf wilde bedanken. Aan het graf dus. Hij maakte van de gelegenheid gebruik om te zeggen dat er enig oponthoud was omdat de vorige begrafenis was uitgelopen. Zodra de man weg was, begon het geklets opnieuw. Hij probeerde zich eraan te onttrekken door weinig te antwoorden, maar hij slaagde daar maar half in. Pas toen de begrafenisondernemer opnieuw binnenkwam en de deuren opende, waren ze even stil. Onder de tonen van Chopins impromptu in Es-dur liepen ze achter elkaar de aula in, naar de voorste rij. Nicoliens jongste nicht, die van de kant van haar moeder, kwam naast haar zitten. Ze begon meteen weer te praten en hoorde toen pas dat er muziek was, want in die grote aula klonk de piano maar heel bescheiden. Ze luisterden naar de muziek: *Träumerei* en de wals van Brahms in As, melodieën die zijn schoonvader altijd floot en die zijn schoonmoeder later ontroerden als ze ze bij hen hoorde. Ze tilde dan haar hoofd wat op en luisterde intens. Terwijl hij daar zat, met de hand van Nicolien in de zijne, zag hij haar voor zich en voelde hij zich een beetje gelukkig. Toen Daniël Wayenberg *Tristesse* inzette, stapte de begrafenisondernemer naar voren en sloot de gordijnen. Door de muziek heen klonk wat gestommel, zoals wanneer bij een toneelstuk van decor wordt gewisseld. De gordijnen gingen weer open en daar stonden de zes dragers met de kist op hun schouders tegen het helle licht dat door de geopende deuren binnenviel. Doordat zij zelf zaten, leken de dragers in hun zwarte kleren nog groter en wat vervormd, als op een tekening van Yrrah. De piano speelde door. Er waren oude mannen bij. Maarten zag hoe ze wankelden onder hun last en zich moesten inspannen om bewegingloos te blijven onder de waakzame ogen van de begrafenisondernemer, die als een dompteur terzijde stond. Maarten keek er geboeid naar. Hij vond het mooi. De piano zweeg. Terwijl ze opstonden en de mannen voor hen zich in beweging zetten, begon een koor *Blijf met mij Heer* te zingen. De muziek volgde hen door kleine luidsprekers het kerkhof op, tot onder de eerste bomen. Daarna kon hij haar niet meer horen. Achter hen liepen de beide nichten van de kant van zijn schoonmoeder hardop te kletsen over de muziek die voor hen niet gehoeven had en over nieuwe schoentjes die ze gekocht hadden. Hij ergerde zich en probeerde zich te concentreren op de kist met de dragers, op het voorjaarslicht, op de vogels in de struiken en bomen. Het lukte hem maar half. Ze passeerden het graf aan het hoofdeinde. Op het aangrenzende graf lag een geweldige hoop zand. De begrafenisondernemer bracht hen tot stilstand met een gebaar van zijn hand. De dragers liepen nog een eindje door. Het rouwkleed werd netjes opgevouwen terwijl de kist naar het graf werd gebracht. De begrafenisondernemer deed een stap opzij. Ze liepen ernaartoe en gingen er omheen staan, een klein groepje. Behalve hun bloemen lag er nog een krans en een klein bosje. Ze strooiden bloemen, een beetje onhandig. Hij bedankte de broeder en de twee zusters van het verpleeghuis die op het laatst ook nog gekomen waren en zei dat hij hoopte dat ze zich zijn schoonmoeder zouden blijven herinneren als de lieve, bescheiden vrouw die ze geweest was. Daarna liepen ze weer terug. Omdat hij meer had willen zeggen, vroeg hij zachtjes aan Nicolien of het zo wel goed was. 'Misschien had je ook nog kunnen zeggen dat ze niets om geld gaf,' zei ze. 'Dat vond ik wel jammer dat je dat niet deed.' Ontevreden over zichzelf luisterde hij naar het gekakel achter hen, dat weer begonnen was. Ze kwamen terug in de erker. Iedereen gaf hun nog eens een hand. De begrafenisondernemer bracht hem de grammofoonplaten en de zwarte plastic zak waarin ze vervoerd waren. Hij deed het condoleanceboek in een map en gaf hem die, terwijl de anderen al naar de uitgang liepen. Rond de aula stonden de mensen voor de volgende begrafenis. De oudste nicht van Nicolien, die van haar vaders kant, liep met hen mee. Ze stapten in haar auto en reden opgelucht en nog een beetje triest naar Kijkduin, naar Atlantic, op de plaats waar het Badhotel van Nicoliens oom had gestaan. In het café met uitzicht op zee, die binnen maar vaag te horen was achter de beschaafde pianomuziek, aten ze wat. De nicht liep met hen terug tot het duinpad en vandaar naar haar auto. Toen ze nog eens omkeken, stond ze naar plantjes in een tuin te kijken. Ze liepen samen langs het duinpad waarlangs ze met zijn schoonmoeder honderdmaal gelopen hadden, langs de vroegere kazerne en het Heitje, langs de Thorbeckelaan naar de Amandelstraat. Het kamertje van Nicolien zag er onbewoond uit. Voor het raam van de woonkamer stonden slecht verzorgde planten. Er hingen geen valletjes, zoals vroeger, en de ramen waren vuil. Ze bleven aan de overkant staan en toen nog eens op de hoek van de Vlierboomstraat. In de

Vlierboomstraat liepen mensen langs de winkels, in de zon. Er was weinig verkeer. De pianoleraren Verhaar woonden er nog altijd. Die woonden er zolang hij zich kon herinneren. Ze staken het Weigeliaplein over naar de Weimarstraat en liepen langzaam naar de stad. Hij voelde zich bevrijd en gelukkig. Nicolien was in zichzelf gekeerd. Ze had een lief, zachtmoedig gezicht, zoals ze dat had als ze helemaal ontspannen was. In de Posthoorn dronken ze een glas bier, alleen gehinderd door twee giechelende vrouwen aan de tafel naast hen. Buiten scheen de zon. De kastanjes werden al groen. Ze reden met lijn 9 naar Scheveningen en liepen langs de boulevard naar het visrestaurant aan de Buitenhaven. Nicolien heilbot, hijzelf poon, met een Gewürztraminer. De vis was voortreffelijk.

⋆

Amsterdam, juni 1998

COLOFON

De moeder van Nicolien van J.J.Voskuil werd in opdracht van Uitgeverij G.A.van Oorschot te Amsterdam gezet uit de Bembo en gedrukt door Drukkerij Nauta bv te Zutphen. De gebonden editie werd vervaardigd door Boekbinderij Van Waarden te Zaandam, de ingenaaide uitgave werd verzorgd door Boekbinderij Delcour te Hilversum. Het ontwerp voor band en omslag werd vervaardigd door Gerrit Noordzij.

Op het omslag L. en haar moeder (foto J.J.V., 1963)

Andere werken van J. J. Voskuil:

Bij nader inzien

De roman *Bij nader inzien*, voor het eerst in 1963 verschenen, is de fascinerende beschrijving van een groep studenten Nederlands in Amsterdam tussen 1946 en 1953. Met een grote rijkdom aan onvergetelijke details weet J. J. Voskuil de typisch na-oorlogse atmosfeer van het studentenleven uit die tijd op te roepen. Vooral via de talloze op studentenkamers gevoerde discussies, waarin de literatuur een belangrijke rol speelt, raakt de lezer heel geleidelijk bekend met de persoonlijkheid van elk der personages. Het denken in 'vriend en vijand', zo karakteristiek voor het tijdschrift *Forum* uit de jaren '30 van het twintigste-eeuwse Nederland, is ook bij hen terug te vinden, evenals de nadruk op intelligentie en de afkeer van wetenschap.

J. J. Voskuil (Den Haag, 1926) weet met groot psychologisch inzicht de subtiele machtsverschuivingen tussen de vrienden aan te geven.

Maarten Koning, alter-ego van de schrijver, leert zichzelf bij stukjes en beetjes kennen door te letten op hoe hij reageert op situaties, waarin hij alleen is of met anderen. Een centrale vraag bij dit alles is: wat betekent vriendschap. Op het eind van het boek blijkt, dat bij nader inzien vriendschap niets te betekenen heeft.

Het Bureau

Na *Bij nader inzien* werd in literair opzicht niets meer van Voskuil vernomen: hij kwam te boek te staan als de schrijver van slechts één boek. Zelf heeft hij dat jarenlang ook zo gezien. Van 1957 tot 1987 werkte hij op de afdeling Volkseigen van het Bureau voor Dialectologie, Volkskunde en Naamkunde (sinds 1979 het Meertens-Instituut) van de Koninklijke Nederlandse Akademie van Wetenschappen. Zijn ervaringen daar bleken zo'n obsessie dat ze de grondslag werden voor wat tussen september 1990 en februari 1995 uitgroeide tot *Het Bureau*: een ruim 5000 bladzijden tellende roman in zeven delen. Het eerste deel verscheen in 1996, het laatste deel zal in het jaar 2000 verschijnen.

Net als in *Bij nader inzien* is Maarten Koning de hoofdpersoon in *Het Bureau*, maar vergeleken bij het studentenleven in *Bij nader inzien* is de wereld waarin hij een plaats tracht te vinden niet alleen groter, maar ook bedreigender. Naarmate de roman vordert, maakt de lezer kennis met ongeveer 200 mensen, van wie hij er na afloop 40 kent alsof het zijn eigen collega's zijn. Het merendeel van deze mensen zou elkaar nooit ontmoet hebben zonder Het Bureau, een onderzoeksinstituut waaraan de medewerkers verbonden zijn. Voor alle personages is Het Bureau toneel, decor en uitvalsbasis tegelijk. Door Voskuils magnifieke schildering van het statige pand, met zijn volle kantine, talloze achterafkamertjes, duistere keldergewelven en reutelende verwarmingsbuizen, groeit Het Bureau in de loop van de roman uit tot een ware hoofdpersoon.

In de ogen van Maarten Koning is de wereld waarin hij en zijn collega's leven een schijnwereld, waarin de mensen hun behoefte aan aandacht, erkenning of macht verbergen achter schijnbaar zinvolle, maar in werkelijkheid zinloze werkzaamheden. Deze verborgen behoeften van mensen die elkaar niet uitgezocht hebben, zijn aanleiding voor talloze wrijvingen en spanningen, die veel lezers ongetwijfeld uit eigen ervaring zullen kennen. Het zou echter onjuist zijn om daaruit af te leiden dat Voskuil deze wereld als een objectieve werkelijkheid presenteert. Maarten Koning is geen toeschouwer, maar medespeler, zij het vaak tegen wil en dank. Dit maakt *Het Bureau* tot een persoonlijke verkenning van eigen en andermans tekort: de kern van Voskuils schrijverschap.

Uniek is *Het Bureau* niet alleen vanwege zijn omvang, maar ook door de aandacht van de schrijver voor de gewone, alledaagse werkelijkheid van een bureau of kantoor, een thema dat in de Nederlandse literatuur nog maar zelden tot onderwerp van een roman is gemaakt.